G

○古
○嚕
GuRu

LE TEMPS,
CE GRAND SCUPLTEUR

时间，这伟大的雕刻家

Marguerite Yourcenar

[法] 玛格丽特·尤瑟纳尔 著

魏柯玲 —————— 译

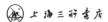

上海三联书店

目录

I

尊者比德[1]的几行文字

---

1 比德（Bède, 672/673—735），英国盎格鲁-撒克逊时期的编年史家及神学家，诺森布里亚本笃会修士。撰有拉丁文巨著《英吉利教会史》，享有"尊者"（le Vénérable）之称，亦被称为"英国史学之父"。——译注。以下注释除注明外均为译者所加

I

Sur quelques lignes de
Bède le Vénérable

一只麻雀飞来……

新的轮回开始了；初生绿茎的锋芒刺穿了去秋最后的枯叶。在这雪融风峭的时节，几乎还是新生的基督教从东方经意大利传入，正在北方地区与上古异教展开争斗，像火苗潜入死木拥塞的老朽森林；时值 7 世纪惊涛骇浪的黎明时分。有关这从一种信仰到另一种信仰，从诸神到一神的过渡，流传至今最令人惊异的话语是尊者比德传达给我们的，他在一百多年后将这些话记录下来，大约就在他位于贾罗的修道院里，周遭一片混乱，而他在用拉丁语撰写宏伟的《英吉利教会史》。说出这些话的是诺森布里亚王国的一位大乡绅（也可以说是一位头领或贵族），他属于一个强大的混合了凯尔特人的撒克逊人群体，当时占据着大不列颠岛北部。

这场景发生在约克附近，在那里，见证过塞普蒂米乌斯·塞维鲁皇帝[1]驾崩的罗马首府、古老的埃伯拉肯的宫殿刚刚开始倾圮，但在这位大乡绅及其同代人眼里大约已恍如漫无纪年的远古城邦。大约两百年前，阿卡狄乌斯皇帝[2]在向大不列颠居民的公告中宣布，军团正渡海返回，留他们独自抵抗入侵者。从那时起，他们只能勉力支撑。

比德将大乡绅的话用拉丁文记录下来；还需堪堪一个半世纪，阿尔弗雷德大帝[3]方在抵抗丹麦人入侵之余将之迻译为当时还很接近古冰岛语和各种日耳曼方言的古英语，但在此期间，这种英语因采用了拉丁字母而得享书面语之尊并拥有了光明的未来。我之所以不厌其烦记载这些语言的纷纭交迭，乃是因为罕有人意识到人类的话语从过去流传至今，经历了怎样的接续传承、怎样的颠沛流离，遭到多少误解的败坏、多少遗漏的侵蚀，又嵌入了多少添缀增补，幸而有默想者比德或行动者阿

---

[1] 塞普蒂米乌斯·塞维鲁 (Septime Sévère, 145—211)，公元 193—211 年的罗马皇帝。
[2] 弗拉维斯·阿卡狄乌斯·奥古斯都 (Flavius Arcadius Augustus, 377/378—408)，公元 395—408 年的东罗马帝国皇帝。
[3] 阿尔弗雷德大帝 (Alfred le Grand, 849—899)，英格兰盎格鲁-撒克逊时期威塞克斯王国国王，他率众抗击维京人的侵略，使英格兰大部分地区回归盎格鲁-撒克逊人的统治，故得享"大帝"尊称。

尔弗雷德这样为数不多的人，他们在几乎令人绝望的人世纷扰中，试图保存并传播他们认为值得这么做的事物。我们将看到，这位大乡绅的寥寥数语无疑便属于这类事物。

诺森布里亚国王埃德温那时是不列颠七国时代最为强大的君主，他刚刚接待了一位请求在他的领土上传福音的基督教传教士。国王召集了贤人会议。当地祭司长，一位叫作科伊弗的，理所当然被邀请首先发言。这位祭司的言论与其说是神学的，不如说是犬儒的：

"坦白地说，陛下，"他大体上是这么说的，"自从我侍奉我们的神并主持祭祀以来，我并不比那些从不祷告之人更有福、更幸运，我的祈求也很少应验。因此我赞成我们迎接另一位更好更强大的神，如果有的话。"

这位祭司的发言是实用主义的；随后发言的头领则带有诗人和梦想家的口吻。这位我们不知其名的大乡绅被要求就此事发表意见，即是否将一位名为耶稣的神接引入诺森布里亚，他的讲话可以说扩大了辩论的范围：

"陛下啊，在我看来，尘世的人生与我们一无所知的广阔时空相比，就像一只麻雀从门洞飞入大厅，大厅中央燃着舒适温暖的炉火，您和您的谋士封臣们正在用膳，外面的冬日雨雪肆虐。雀儿迅速穿过大厅，从另一边飞出，它来自冬天，在这短暂的间歇之后又回到冬天，消失在您的视野。正如我们稍纵即逝的人生，此生之前和之后，我们一概不知……"

大乡绅的结论与大祭司一致：既然我们一无所知，何不就教于那些或许知晓之人呢？这样的观点出自开放的心灵；它引人接纳某些崇高的真理或假设，有时也招致欺诈或陷入谬误。

我们不知道其他谋士的意见为何，但这两种声音占了上风。修道士奥古斯丁获准在埃德温的领土传教。这一决定挟时代风气，无论如何最终都会被采纳，即使国王的谋士们另作他议。其后果巨大，影响至今：它造就了林迪斯法恩岛修道院，那混乱时代的和平与知识的庇护所，直到维京人的利斧将修士们的头颅劈开；它孕育了约克大教堂、达勒姆大教堂、伊利大教堂和格洛斯特大教堂，被亨利二世的骑士刺杀的坎特伯雷的圣托马斯[1]，

---

1 圣多马·贝克特（Saint Thomas à Becket，1118—1170），亦称坎特伯雷的圣托马斯、伦敦的托马斯，是英格兰王国国王亨利二世的大法官、坎特伯雷大主教，后被亨利二世的骑士刺杀。教宗亚历山大三世于 1173 年封他为圣人。

以及将被亨利八世洗劫的富丽堂皇的修道院；还有都铎王朝玛丽一世的天主教和伊丽莎白女王的新教，双方的殉道者，上千册布道书与传教文，一些令人赞叹的神秘文字，《未知之云》[1] 和诺里奇的朱利安[2]的《神圣之爱的启示》，约翰·多恩[3]的布道诗，约翰·劳[4]和托马斯·特拉赫恩[5]的沉思冥想，以及，就在我写下这些文字之时，正在贝尔法斯特街道上相互厮杀的天主教徒和新教徒们。埃德温的英格兰走出青铜时代，迈入了彼时正与基督教结合的欧洲共同体。罗马军团抵达又撤走，来自罗马的僧侣逐渐渗透，这两种情形下的诸般得失，一种新的秩序取代了旧的秩序，直到这新的秩序被再次取代。我们中的许多人大概时常思忖，这种诸神的更迭是如何发生的，此前或此间产生过怎样的犹疑与焦虑，又或激起过怎样的心潮澎湃。至少在尊者比德记载的这

---

1 《未知之云》（中古英语为 The Cloude of Unknowyng），是一部 14 世纪后半叶用中古英语写成的基督教神秘主义的匿名作品。
2 诺里奇的朱利安（Juliana de Norwich，1342—1416），英国修女，基督教神秘主义者，发表《神圣之爱的启示》（Revelations of Divine Love），被视为第一本由女性书写的英语书籍。
3 约翰·多恩（John Donne，1572—1631），又译邓约翰，英国詹姆斯一世时期的玄学派诗人。
4 约翰·劳（John Law，1745—1810），英国数学家和爱尔兰教会主教。
5 托马斯·特拉赫恩（Thomas Traherne，1637—1674），英国诗人、神学家和宗教作家。

件事例中，我们看到一位持见者赤裸裸地表达出最浓重的犬儒主义，也许混杂着某种对新奇事物的喜好（这毛病并非今人独有），而且明确表现出对新神可能带来的物质好处的强烈兴味。另一位演说者的诗性风格更得我们喜爱，他那深重的疑虑也是一种深刻的怀疑主义，但他全心信靠那被称为全知之人可能带来的灵启。我们自然不能凭此孤例一概而论：但至少，这是一位虔敬的编年史家为我们讲述的埃德温国王及其臣民的皈依事迹。在这件事上，几乎总是左右人类事务的轻率态度似乎也不曾缺席。

此决定影响深远，但其当下的后果则令人困惑。大祭司科伊弗，这位典型的行事冲动的叛教者，策马奔向他侍奉的庙宇，打碎了里面的偶像，使未来的博物馆少了几座雕像，这些雕像将将成形，内里的石料可以说显露在外，抹去了拙朴的人形，这样的神祇形象仿佛更属于矿物质的神圣世界，而非人间。不到三年之后，皈依者埃德温被一名异教国王杀死在战场上；他的前大祭司和那位忧郁的大乡绅可能与他一道阵亡了。我并不是在暗示，他们若忠于旧神便可幸免于难。我更愿意相信，上天的伟力是在特地以此显示，无论是谁，只要怀着更多对物质的而非精神财富的期望去拥抱一种信仰，就是在做傻瓜的交易。时隔已久，我们无从得知这些精神财富最终是否分配给了埃德温及其臣民。

*

且搁置这次难忘会议的历史背景和后果；让我们重温大乡绅的这几句话，因为这对我们仍然意味深长。首先，这些话很美。这来自日常经验的隐喻仿佛自身即蕴含着北方冬天全部的暴烈和全部粗犷的慰藉。其次，最重要的，大乡绅承认自己的无知，我们依然如此，或毋宁说我们依然会如此，种种哲学、技术，种种人类建构又为其所囿的机制，这一切都未能向如今绝大多数人掩盖这一事实，即关于生命和死亡，我们并不比这位所谓的蛮族头领知道得更多……"一只麻雀迅捷飞过房间，它从一扇门飞入，很快又从另一扇门飞出。"[1] 比德的拉

---

[1] 原文为拉丁文（*Adveniensque unus passarum domum citissime pervolavit, qui cum per unum ostium ingrediens, mox per aliud exierit.*）。

丁散文是如此朴拙，但对于这既具体又飘移不定的原始思维而言仍然是过于典雅了，这样的思维在阿尔弗雷德大帝的粗粝译文中倒是更加贴切：*一只麻雀快快地飞过房子，从一边飞进，从另一边飞出* [1]。但我们不要就此落入窠臼，把这心理世界——它预示着千年之后莎士比亚的《麦克白》中黑暗的诗意宇宙，与所谓更合逻辑、更少神秘感的希腊拉丁精神对立起来。这关乎时代：荷马的英雄和伊特鲁里亚人的国王也可以这么讲话。

我们喜爱这段文字，起初只是为了它的美，但细读之下，我们发现这位大乡绅的思想大胆地与一些延续至今的可敬的思维习惯相抵牾。有人像维尼 [2] 那样，将人生视为两处无垠黑暗之间的一个光亮空间，他们情愿把人生前后这两片阴暗区域想象为了无生气、毫无差别、类似虚无的边界。而基督徒们尽管信仰至福的或地狱的不朽，却主要把死后（他们甚少关心生前）视为永恒安息之所。"*我羡慕，因为他们得到了安宁*" [3]，在墓地陷

1　原文为古英文（*Cume an spearwa and braedlice thaet hus thurhfleo，cume thurh othre duru in，thurn othre ut gewite.*）。
2　阿尔弗雷德·德·维尼（Alfred de Vigny，1797—1863），法国浪漫主义诗人。
3　原文为拉丁文（*Invideo，quia quiescunt*）。

入沉思的路德如是说。相反，对于这位蛮族头领，鸟儿从飓风中来，回到风暴中去；德鲁伊之夜[1]的大风吹起阵阵雨雪，让人想到原子的漩涡，想到印度经文的旋转形式。在这两处恐怖的风暴之间，大乡绅将鸟儿经过大厅诠释为一个间歇时刻[2]。他让我们十分惊讶。埃德温的这位大乡绅明知，一只闯入人类房屋失去方向乱飞的鸟儿，有可能在它难以理解的墙上撞得粉身碎骨，被火烧死，或者被躺在炉边的恶狗扑咬。人生，正如我们所体验的，并非一个间歇时刻。

但这来自未知去向未知的飞鸟的意象仍然是一个好的象征，象征人在尘世难解而短暂的驻留。我们可以走得更远，将风雪和冬季的灰暗阴郁围困下被短暂照亮的大厅，视为另一个同样沉痛的象征。象征人的头脑，犹如被照亮的房间，中央的炉火，暂时将我们每个人置于万物当中，没有它便无从想象和感知飞鸟与风暴。

1976

---

1 德鲁伊教是古英国凯尔特文化中占据统治地位的宗教组织。此处即指基督教传入英国前的时期。
2 *Spatio serenitatis.* ——原注

II

西斯廷

II

Sixtine

杰拉多·佩里尼 [1]

大师对我说：

——这就是交叉路口的里程碑，距离人民门大约两里。我们离城已如此之远，那些满载回忆出发的人到达这里时几乎已忘记了罗马。因为人们的记忆就像这些疲惫的旅人，每到一站就卸下几件没用的行李。故此他们将两手空空一无所有地到达他们睡觉的地方，到了大觉醒转之日，他们将像孩子一样对昨天一无所知。杰拉多，这就是里程碑。田野里稀疏的树木如同上帝的里程碑，马路上的尘土把它们染得发白；附近有一棵柏树，树根裸露，活不久了。还有一个小旅店，人们常去喝一杯。我猜那些被看管的富家女人们平日里会来这儿向她们的

1　杰拉多·佩里尼（Gherardo Perini），米开朗基罗的模特，大约在1520年左右开始为他工作。

情人投怀送抱，星期天则是穷工匠们在这儿举家聚饮作乐。我是这么想的，杰拉多，因为处处皆是如此。

我不再走下去了，杰拉多。我不再陪你走下去了，因为工作紧迫，而且我老了。我是个老人了，杰拉多。有几次，当你想显得比平时更温情时，你会把我唤作你的父亲。但我没有孩子。我从来没有遇到过一个跟我的石像一样美丽的女人，可以几个小时一动不动，一言不发，就像一件必然之物，无需动作即可存在，让你忘记时间流逝，因为她总在那里。一个女人，任人打量，不现出微笑，也不会脸红，因为她懂得美是庄重的。石刻的女人比别的女人更贞洁，特别是更忠诚，只是不能生育。她们身上没有裂隙，没法让快乐、死亡或孩子的种子钻进去，这就是为什么她们没那么脆弱。她们有时会碎裂，但她们全部的美仍然包含在每一片大理石的碎片中，就像上帝存在万物当中，但任何异物都不会进入她们，使她们心碎。不完善的造物躁动不安，须相互交配才能完满，但纯然美好的东西是孤独的，就像人的痛苦。杰拉多，我没有孩子。我很清楚大多数人并不真正拥有儿子：他们所有的是提托，或卡约，或彼得罗，但这不是同样的欢乐。我若有儿子，他不会像我在他出生之前设想的模样。同样，我塑造的雕像不同于我起初梦想的样子。但只有上帝才是有意识的创造者。

你若是我的儿子，杰拉多，我并不会爱你更多，只不过我不必自问为什么。我一生都在寻找一些问题的答案，而它们也许并没有答案，我凿刻大理石，好像真实就存于石块内心，我铺陈颜料涂画墙壁，好像就着过于巨大的寂静弹拨和弦。因为万物缄默，甚至包括我们的灵魂——抑或，是我们听不到。

就这样，你走了。我不再年轻，不再在意一场离别，哪怕是最后的离别。我知道得太清楚了，我们爱的人，最爱我们的人，都在每个流逝的时刻不知不觉离开我们。他们就是这样与自己分离。你坐在这块里程碑上，你以为自己还在这里，但你整个人已转向未来，已不再附着你过去的生命，你的缺席已然开始。当然，我理解，所有这一切只是幻影，其余一切亦然，未来亦不存在。人发明了时间，随后发明了永恒以为对照，但对时间的否定与时间一样虚无。没有过去，没有未来，只有一串连续的现在，一条不断损坏又不断延续的路，我们都在上面行进。你坐着，杰拉多，但你的双脚不安地放在前面的地上，好像在试探一条路。你穿着我们这个时代的衣服，当我们的时代过去后，这衣服将显得丑陋，或只是古怪，因为衣服永远只是身体的变形。我看到你的裸体。我生来能够透过衣服看到身体的光芒，我想圣人就是这样看到灵魂的。身体丑陋是一种折磨；身体俊美是另一种折磨。你很美，脆弱的美，生活与时间从四面八方围攻上来，最终将把你卷走，但此刻，这美是你的，并将永远是你的，就在我绘出你的形象的教堂穹顶上。即使有一天，你的镜子只映出一个扭曲的形象，从中你不敢认出自己，但在某处将永远有一个固定不变的影像，映射出你的样子。我将以同样的方式把你的灵魂固定下来。

你不再爱我。你同意花一小时听我说话，那是因为人对自己所弃者是宽宏大量的。你曾与我紧密相连，而今又与我分离。我不怪你，杰拉多。一个人的爱是如此出乎意料的礼物，没有什么配得上它，我们应该总是对它没有被夺去得更早而感到惊讶。我并不担心你还不认识的人，但你正在朝他们走去，他们也许在等你：他们将认识的你会不同于我以为自己认识的你和我想象自己爱的你。人不能拥有任何人（就连罪人也做不到），既然艺术才是唯一真正的拥有，那么重要的不是赢得一个人，而是重新创造一个人。杰拉多，不要误解我的眼泪：我们爱的人在我们还可以为他们流泪的时候离开，这是最好的。你若留下来，你的存在叠加于上，也许会削弱我极力保存的你的形象。正如你的衣服只是你身体的外壳，此后对我来说，你不过是我从你身上分离出来的另一人的外壳，他将比你活得长久。杰拉多，你现在比你自己更美。

我们永远拥有的只有我们已离开的朋友。

托马·德·卡瓦列里 [1]

我是托马·德·卡瓦列里，一名年轻的贵族，酷爱艺术。我生得俊美，但我的灵魂更美，故而我的身体被绘在一所教堂的穹顶之上，不过是象征正直和忠诚的几何符号。我坐着，以手拄膝，摆出随时可以起身的姿势。爱我的大师将我涂画、描绘、雕刻，以生活为我们印下的全部姿态，但我在被他塑造之前已自我塑造。怎么办呢？我将向哪个神、哪个英雄、哪个女人敬献这杰作：我？

怎么办？完美是一条只能通向孤独的路：我已超越所有凡人的阶段。大师多于我的只有天才，在我面前他不过是一个不再能主宰自己的可怜人，米开朗基罗会情

---

1 托马索·德·卡瓦列里（Tommaso dei Cavalieri，1509—1587），昵称托马（Tommai），罗马贵族。23 岁时与时年 57 岁的米开朗基罗相遇。他长相俊美，米开朗基罗为他绘制了许多肖像作品。米氏临终时他陪侍在侧。

黑色粉笔肖像画，疑为米开朗基罗所画的托马索·德·卡瓦列里，现藏于
法国巴约讷市博纳 – 埃勒博物馆

愿用他的炽烈交换我的安详。怎么办？我是否磨砺了自己的灵魂，却只拥有了一把剑，一把我将不会挥舞的剑？失去理智的皇帝盼望宇宙只有唯一的头颅，好把它砍下来。为什么它不只是一具躯体，让我可以拥抱；唯一的果实，让我可以采摘；唯一的谜，让我最终解开。我将征服一个帝国吗？我将建筑一座庙宇吗？我将写一首诗吗，它更加持久？支离破碎的行动使我对行动幻灭，每一次成功不过是一片打碎的镜子，在其中我看不到完整的自己。对权力的渴求需要太多的幻觉，对荣耀的渴求需要太多的虚荣。宇宙若占有我，将带给我怎样的丰盈——幸福于我并无价值。

人们瞻仰我的形象时，将不会追问我曾经是谁，我做过什么——他们将赞美我曾经存在。我坐在立柱的柱头上，如置身世界之巅，我自身便是冠冕。噢，人生，令人晕眩的迫近：一切皆有可能之人无需再作任何尝试。

策奇诺·德·布拉奇 [1]

我，米开朗基罗，石匠，我在这个穹顶上描绘了一个来自佛罗伦萨的年轻人的形象，我珍爱他，但他已不在人世。他坐着，姿态粗野，双臂交叉，好像在挡住心口。但也许是死者有一个秘密，不愿为人所知。

起初我爱我的梦，因为我别无所知。后来，我爱我的家人（如今想来就像在爱我自己），我还爱来到我身边的友人，他们充满了如许的美，让我既卑微又幸福。最后，我爱过一个女人。我的父母已逝；我的友人和我的爱人都走了：有的离开我是为了生活，其他人也许因为死亡而背弃生活。留下来的人让我怀疑；即便我的怀疑并无根据，我仍深感痛苦，因为一切总是发生在我们的

---

1 策奇诺·德·布拉奇（Cecchino dei Bracci, 1528—1544），生于佛罗伦萨，曾是米开朗基罗的学生，16岁夭折，米开朗基罗为他设计了墓地。

精神中。我爱的女人，她也离开了这个世界，好像一个外乡人发觉自己走错了门，发觉她的房屋在别处。于是，我又开始只爱我的梦，因为别无所有。但梦也会背叛，如今，我孤独一人。

我们爱，因为我们无力承受独自一人。我们因为同样的原因惧怕死亡。当我有时高声说出对一个人的爱时，我看到周围的人们使着眼色摇着头，就好像听我说话的人如果不指责我，就变成了我的同谋。不指责你的人若替你寻找借口，这更可悲。譬如，我爱过一个女人。当我说我只爱过一个女人的时候，我指的不是其他那些经过的女人，她们不是具体的女人，只是女人和肉体。我只爱过一个女人，我对她并无欲念——而当我回想时，我不知道这是因为她不够美，还是因为她太美。但人们不懂得，美是一种障碍，会提前将欲望填满。我们所爱之人自己也不懂得，或不愿懂得。他们惊讶，他们受苦，他们认命。随后他们死去。于是，我们开始害怕我们的放弃是对自己的犯罪，而我们的欲望如今毫无出路，变得不现实，像鬼魂一样纠缠我们，呈现出一切不曾存在过的可怖模样。在人的全部悔恨中，最残忍的也许莫过于对未完成的悔恨。

爱一个人，不仅是执着于让他活着，也是惊诧于他不再活着，就好像死亡并非一件自然的事。然而，存在是比不存在更令人惊异的奇迹；仔细想来，人们在面对生者之时才须裸裎自我并下跪，就像面对一座祭坛。我想，大自然厌倦于对抗虚无，就像人厌倦于对抗混沌的吸引。在我的一生中，随着我年岁渐长，日渐迟暮，我持续看到完美的生命形式逐渐消失在其他更单纯、更接近原始谦卑的形式当中，正如泥土比花岗岩古老；雕刻者所做的最终不过是加快山体的崩裂。我父亲墓上的青铜在一个乡村教堂的庭院里泛出了铜绿，我在穹顶上画下的佛罗伦萨年轻人的形象将如鳞片般剥落，我给我爱的女人写的诗不出几年就将无人理解——对诗而言这就是一种死亡方式。企图凝固生命，这是雕刻家的诅咒。这也许就是我的作品何以都是反自然的。我们以为可以将一种易朽的生命形式固定在大理石当中，殊不知它随时可以通过侵蚀、生锈和光照恢复在自然界的位置，那光影所游弋的平面貌似抽象，实则只是一块石头的表面。因此，宇宙的永恒流转大约颇令造物主感到惊异。

我吻过一个女人的手，在她入殓之前，她是唯一为我整个人生赋予意义的女人，但我不曾吻过她的唇，现在我为之悔恨，就好像她的唇本可教会我些什么。我也没有吻过佛罗伦萨的年轻人，没有吻过他的手，也没有吻过他苍白的脸。只是我并不悔恨。他太美了。他是完美的，仿佛没有任何东西能够触犯，因为所有的死者都漠然无觉。我见过许多死者。我的父亲，加入死者一族后，不过是一个无名的博纳罗蒂：他放下了作为自我的重负；他消失在死亡的谦卑中，最终不过成为一串长长序列中的一个名字；他的谱系不再到他为止，而是到达我——他的继承者这里，因为死者不过是每个后来的生者轮流提出的一个问题的诸项而已。我爱的女人，在经受了仿佛撕裂灵魂的临终痛苦之后，唇上留着一抹坚忍而胜利的微笑，似乎作为生命的胜利者默默地蔑视被她击败的对手，我看到她为越过死亡而骄傲。策奇诺·德·布拉奇，我的朋友，是如此之美。他的美曾被许多姿势和思想活生生分割成表情或运动，如今重新完好无缺，绝对，永恒：仿佛他在离开肉身之前已将之构造完成。我看到微笑再次浮上他失血的嘴角，从紧闭的眼睑下渗出，让面容恍若散发光芒。死者休憩着，心满意足，在不可摧毁的确定性中，因为确定性随着自身的完成而自我取消了。并且，因为他们已超越知识，我假设他们知道。

但也许死者并不知道他们知道。

菲伯·迪·波吉奥 [1]

我醒了。其他人说了什么？黎明在每个清晨重建世界；所有赤裸的臂膀囊括宇宙；青春，人类之黎明。他人之所说、所想、所信，与我何干……我是菲伯·迪·波吉奥，一个怪人。那些议论我的人说我的灵魂卑劣；也许，我甚至没有灵魂。我像一枚果实，一只酒杯，或一棵好看的树那样生活。冬天来临时，人们远离不再提供荫凉的树；吃饱的人扔掉了果核；酒杯空了，人们又捧起一杯。我接受这一切。夏天，灵活的肢体上沾着清晨亮晶晶的水珠；噢，欢乐，心灵的甘露……

我醒了。在我面前，在我之后，是永恒的夜。千秋万世，我已沉睡；千秋万世，我将沉睡……我只有

---

1 菲伯·迪·波吉奥（Febo di Poggio），米开朗基罗的模特。

一个时辰。难道你们要用解释和格言毁掉这个时辰吗？我伸展在阳光下，在快乐的枕上，在一个永不再回来的清晨。

1931

III

历史小说中的语调与语言

III

*Ton et langage dans le
roman historique*

我们拥有大量来自过去的书面文献和视觉材料，但在 19 世纪第一批瓮声瓮气的留声机出现之前，没有任何声音保留下来，这一点没有得到足够的强调。更有甚者，在 19 世纪一些伟大的小说家或戏剧家之前，没有或几乎没有任何对话语的表现。我的意思是，是他们最早将谈话如实记录下来，包括其自发性、逻辑的脱节、繁复的迂回、空白及潜台词，而未经悲剧或喜剧风格化处理，亦未加以强烈的抒情渲染。

无论古代还是任何一个中间时代，都没有为我们提供可堪与下述例子相提并论的谈话，即托尔斯泰笔下皮埃尔·别祖霍夫和安德烈亲王[1]的对话，易卜生[2]笔下罗斯莫与丽贝卡·韦斯特及其精明的连襟的对话，又或者，

---

1 皮埃尔·别祖霍夫和安德烈亲王是俄国作家列夫·托尔斯泰《战争与和平》中的人物，下文的安娜·卡列尼娜是其小说《安娜·卡列尼娜》的主人公。
2 亨利克·易卜生（Henrik Ibsen，1828—1906），挪威戏剧家。此处的罗斯莫等是他 1886 年的作品《罗斯莫庄园》中的人物。

在这条时间线的两端，伏脱冷向吕西安阐述其人生观[1]的话语，或马塞尔与刚为外祖母听诊的医生[2]的简短交流。以纯粹写实的措辞毫无偏差地誊写话语，很奇特地与留声机和摄影术这两种原样复制对象的机械方式同时出现。

大体而言，同样的观察也适用于在事件的直接冲击下我们在心里形成而未说出口的话，例如拉斯蒂涅从拉雪兹神父公墓高处俯瞰巴黎[3]时的感想，安娜·卡列尼娜心头掠过的最后念头，安德烈亲王在奥斯特里茨受伤时的感受。因而，如何对各种非风格化形式的话语进行表现，这在对过去进行小说再创造的全部努力中，构成了巨大的困难。我们甚至可以追问，欧洲在19世纪和20世纪初为此而发展出的小说手法的运用是否毫无意义，以及，特别是，古人自己并未留下任何类似的手法，这岂非证明这样的形式很不适用于表现古代的心灵？

让我们重新审视一些可以说包含声音和口语节奏的

---

1 伏脱冷和吕西安是巴尔扎克系列小说《人间喜剧》中的人物。
2 指普鲁斯特《追忆似水年华》中的叙事者马塞尔。
3 拉斯蒂涅是巴尔扎克《人间喜剧》中的人物，这个场景发生在《高老头》的结尾。

文学文本，大致从伯里克利[1]到背教者尤利安[2]的约八个世纪期间。哲学对话曾是一种典型的希腊文体，后经模仿成为拉丁文体：其文学范式自然也就是论说范式。柏拉图只在使读者放松的简短片段里，而且最经常是在开端或结尾处，才以令人赞叹的技艺〔我强调技艺（art）一词〕时而插入几处可称为日常会话的简短交流。悲剧顾名思义采用悲剧风格，该风格本身即常常产生于史诗语言的古老手法和用词。喜剧中的对话要么局限于下层百姓的语言（就此完全可以写一篇文章，论述各个时代的剧作者以自己的方式表现民间口语时忍俊不禁的傲慢态度），要么，在更少见的情况下，局限于对考究语言的拙劣模仿，就如大众所以为的那样。苏格拉底在《云》中的谈话之如哲学家的言谈，就好比一个民间歌手演绎柏格森[3]或加布里埃尔·马塞尔[4]的机锋。米南德[5]和泰

1　伯里克利（Périclès，约前495—前429），雅典执政官。他的时代也被称为伯里克利时代，是雅典最辉煌的时代。
2　背教者尤利安（Julien l'Apostat，331—363），君士坦丁王朝罗马皇帝（361—363年在位）。他后来转向多神信仰，因此被罗马教会称为背教者。
3　亨利·柏格森（Henri Bergson，1859—1941），法国哲学家、作家。
4　加布里埃尔·马塞尔（Gabriel Marcel，1889—1973），法国哲学家、作家、戏剧评论家和音乐家。
5　米南德（Ménandre，前341/342—前290），古希腊剧作家，被认为是古希腊新喜剧的代表。

伦提乌斯[1]让他们的人物说着市民阶层的正确而略显乏味的语言，后来几乎总是被 17 和 18 世纪的"高级喜剧"加以模仿，而这种语言在剧场之外从未有人使用。滑稽剧为我们展示出一套精巧准确的写实话语，但仍然建立在嘲讽的傲慢之上：赫罗达斯[2]和忒奥克里托斯[3]瞧不起他们笔下的皮条客和长舌妇。至于流浪汉小说，我们总共只有两个例子，佩特罗尼乌斯[4]和阿普列尤斯[5]，他们的作品时而局限于滑稽剧，时而局限于"好故事"或民间故事。

一些哀歌诗人或抒情诗人让我们对表达情感时说话、呼喊或吟唱的语调有所了解。我们感到，忒奥克里托斯的《女魔术师》里某声激情的呐喊大致就是这样发出的。即使是奥维德[6]的《爱的艺术》这样高度文学性的作品，大约也为我们还原了些许风流情话的语调，特别是因为这类情话是很程式化的。希腊讽刺短诗的诗人笔下时而

---

1 泰伦提乌斯（Térence，约前 190—约前 159），罗马共和国时期的剧作家。
2 赫罗达斯（Hérondas，前 300—前 250），古希腊喜剧作家。
3 忒奥克里托斯（Théocrite，约前 310—前 250），古希腊著名诗人、学者，西方田园诗派的创始人，《女魔术师》是他的诗作。
4 佩特罗尼乌斯（Pétrone，27—66），罗马帝国诗人和小说家，讽刺小说《爱情神话》被认为是他的作品。
5 阿普列尤斯（Apulée，约 124—约 175），古罗马作家、哲学家。
6 奥维德（Ovide，前 43—17/18），奥古斯都时代的古罗马诗人，主要作品有《变形记》《爱的艺术》及《岁时记》。

闪现妙境：卡利马科斯[1]的六行诗概括了一位直面自杀的知识分子的所思所言；在迪奥斯科里德斯[2]的一首讽刺短诗里，请求按照自己的仪式下葬的外乡奴隶大约就是这么说话的，但我们从中再次看到了古代文学这种固然令人赞叹的典型的澄析性：诗人起到了过滤的作用。讽刺作家们的夸张是职业性的。马提亚尔[3]的一些短诗为我们展现了罗马飞短流长的语调；卡图卢斯[4]对恺撒的连番辱骂应该出自不少庞培的同党之口，但这些节奏铿锵的下流话仍然属于文学。

历史学家同样在简化和模式化，他们就算没有远离事实（谁能比修昔底德[5]对事实描述得更好呢?），至少也远离了事实周围的话语喧哗。我们知道，他们要求自己对话语进行改写，将之插入作品，使之表达演说者可以说的和应当说的。更何况，在他们笔下我们听不到集会

---

1 卡利马科斯（Callimaque，约前305—前240），古希腊著名诗人、学者及目录学家，也被认为是古代最早的评论家之一。
2 迪奥斯科里德斯（Dioscoride，约40—90），古罗马时期的希腊医生与药理学家，其希腊文代表作《药物论》在之后的一千多年中成为药理学的主要教材，并成为现代植物术语的重要来源。
3 马提亚尔（Martial，约40—103/104），古罗马诗人，以讽刺短诗闻名。
4 卡图卢斯（Catulle，约前87—约前54），古罗马诗人，曾作诗讽刺恺撒。
5 修昔底德（Thucydides，约前460—约前400），古希腊历史学家、思想家，以《伯罗奔尼撒战争史》传世。

的喧嚣；那时已存在速记记录；将之原样托出有悖于他们的历史观。实际上，他们的目的要么是提供榜样，如在普鲁塔克[1]那里；或在某种意义上起到相反的作用，如在塔西佗[2]那里；又或者是分析性的，如在修昔底德和波利比乌斯[3]那里。罕有或从来没有对事件如实生动的记叙，口头交流和声音的记录则更为罕见。苏维托尼乌斯[4]为我们提供了一些平民或政要的书面记录，其逼真堪比半身胸像，但在这一系列性格或风俗特征的描写中，可能异乎寻常地跳脱出孤零零一句话来，一场谈话则从未有过，哪怕是截取的一段谈话。不错，有时会出现一个"历史词语"，不论真实与否（时隔之远，我敢说其真实性无关紧要），让我们听到某个语音，它几乎总是被拔高到呼叫的调子，又或者是一句总结某一局势的决定性的话，仿佛为了永远被后世铭记（还有你，布鲁图斯……我这

1 普鲁塔克（Plutarque，约46—120），生活于罗马时代的希腊作家，以《比较列传》（常称为《希腊罗马名人传》）传世。
2 塔西佗（Tacite，约55—约120），罗马帝国执政官、雄辩家、元老院元老，也是著名的历史学家与文体家，主要著作有《历史》和《编年史》等。
3 波利比乌斯（Polybe，前200—前118），希腊化时代的政治家和历史学家，以《通史》一书传世。
4 苏维托尼乌斯（Suétone，约69—约122），罗马帝国时期历史学家，最重要的现存作品是从恺撒到图密善的12位皇帝的传记，即《罗马十二帝王传》。

了不起的艺术家……骰子已掷出……[1]）。这些话语可以说像是在真空里发出的，其之前或之后的话语声或呼叫声都被隔离开来，例如反叛者倾泻在尤利乌斯[2]身上的狂怒咒骂，尼禄[3]四周可怜的女人和忠实的奴隶们的惊恐低语，或与首领一道跨过卢比孔河的军官与士兵的激动话语。在出自《罗马帝王纪》的相当平庸的《康茂德[4]传》中，要将康茂德的尸体示众的法令令人震撼，因为它让我们感到元老院众人在死去的皇帝面前迸发的巨大仇恨。在这个罕见的例子里，人群的咆哮声一直传入我们耳中。

　　幸好还有那些亚文学类的文献（我刚刚引用的就是其中一个例子），并未遭到文学必不可少的过滤或剪辑。法律依据与法令，如对参加酒神节者处以死刑的元老院法令，令我们骤然感受到当事人的恐惧；私人信件，让我们听到一名大学生为毁坏家庭马车而道歉的语气，或

1　原文为拉丁文（*Tu quoque, Brute. Qualis artifex ... Alea jacta est ...*），出自苏维托尼乌斯《罗马十二帝王传》。"还有你，布鲁图斯"是恺撒临死前对参与刺杀自己的布鲁图斯说的最后一句话；"我这了不起的艺术家（就要死了）"，是尼禄临死前之语；"骰子已掷出"，是恺撒渡卢比孔河前之语，意为破釜沉舟。
2　即恺撒。
3　尼禄（Néron，37—68），罗马皇帝，朱里亚-克劳狄王朝的最后一位皇帝。
4　康茂德（Commode，161—192），罗马帝国皇帝，180—192 年在位。他遇刺身亡后，罗马帝国再次陷入了一连串混乱的内战之中。

一名士兵向家里索要包裹的语气；西塞罗[1]或普林尼[2]的信件更自觉地属于"书信体"，令我们了解到上流社会书面交流的点滴；潦草的涂鸦，包含着街市话语喧嚷的粗粝回声。这些来自过去的语声，有些几乎处于原始状态，各自为我们带来意想不到的轻微战栗，但没有任何东西能让我以哪怕最起码的合理性再创造出那些严肃的、迫切的、微妙的或复杂的言谈，例如哈德良与图拉真的交谈，与普洛提娜的交谈，与安提诺乌斯的交谈，与他的副将塞维亚努斯就犹太事务的交谈[3]。这些语调的变化、短促的音符或话音里的浅笑改变了一切，却没有或几乎没有为我们留下一丝痕迹。

仅举一例：我借哈德良之口讲述了一件在史书里只有寥寥数笔的事，几乎未加扩充——抱病的哈德良向一

1 西塞罗（Cicéron，前106—前43），罗马共和国晚期的哲学家、政治家、律师、作家、雄辩家，公认为古罗马最伟大的演说家和最具影响力的散文作家之一。
2 普林尼（Pline，23/24—79），常称为老普林尼或大普林尼，古罗马作家、博物学者、军人、政治家，以《自然史》传世。
3 哈德良（Hadrien，76—138），罗马帝国皇帝（117—138年在位），罗马帝国五贤帝之一。图拉真（Trajan，53—117），罗马帝国皇帝（98—117年在位），罗马帝国五贤帝之一。普洛提娜（Plotine，?—123），图拉真之妻。安提诺乌斯（Antinoüs，110/115—130），哈德良的同性情人。塞维亚努斯（Severus），罗马将军，哈德良派他镇压犹太起义。以上人物均出现在尤瑟纳尔著作《哈德良回忆录》中。

名医生索取毒药，医生因不愿拒绝皇帝而自尽。小说家已为这件干巴巴的轶事补充了一些自己希望是合理的细节：皇帝对年轻医生的好感（"我喜爱他的大胆敢做梦，还有黑眼圈里那点隐隐的火光。"）；皇帝不指望主治御医埃尔莫热纳最后的救治，托词支他去罗马一天（"我刚在奥德翁图书馆设立医学教授职位，恰好借此让埃尔莫热纳主考几位候选人，支开他几个时辰。"）；哈德良于是被托付给替代他的年轻医生，与后者的谈话以哈德良的恳求结束（"我不肯死心，强行逼求，用尽所有方法，试图博得他的怜悯或收买他的良心；他将是我这一生最后一个恳求的人。"）；医生一语双关地应答（"他败下阵来，终于答应我去找毒药。我痴痴地盼到晚上。直到深夜，我骇然听闻他被人发现死在实验室里，手中握着一小管玻璃瓶。"）。我认为这段叙述的语调大致是准确的。想象一下如果我尝试直接引述这些行为和对话会怎样。我知道我会陷入错谬，陷入情节剧或仿效体，或二者兼而有之。在这一点上，民间文学往返于两种方式之间，或者毫无创意地复刻一些众所周知的古代表达法，而这只有在刻意搞笑时才能令人忍受（"一直到那儿，一直到那儿……把这话捎给梅特拉"[1]），或者如同彩色电影脚本似的简单直白（"斯巴达克斯，我想我要有孩子了。"[2]）。人们会说写《熙德》的高乃依、写《布里塔尼居斯》的拉辛、写《尤利乌斯·恺撒》的莎士比亚都处理得不错。这当然因为他们是天才；也因为，而且也许更因为他们并不在意语调的真实性。

我在尚未作出以上综述时，已选择让哈德良用托加[3]体进行表达。无论如何多变，无论被称为评论、思想、书简、论文还是演说，在哈德良之前或紧随其后的最伟大的希腊和拉丁散文作家的作品或多或少都可纳入这一文体，它是考究的、半叙事、半沉思的，但本质上始终是书面的，因而直接的印象和感觉几乎都被排除在外，一切口语交流实际上也都被清除。当然，重要的不是这儿模仿恺撒，那儿模仿塞内卡，别的地方又模仿马可·奥勒留，而是从他们那里获得一种尺度、一种节奏，相当于人们按自己心意披在裸体模特身上的托加，那块长

1　法国作曲家雅克·奥芬巴赫（Jacques Offenbach，1819—1880）的轻歌剧《巴黎人的生活》中的一句歌词。
2　原文为英语（*Spartacus，I think that I will have a baby.*）。
3　托加（*toga*）本义指罗马公民所披的长袍。

方形布料。托加体为皇帝保留了尊严，否则我们便无法想象古代，这当然是错的，但仍然有些许合理性的影子，因为尊严始终是古人不渝的理想：恺撒临终时还在抚平他托加上的皱褶。这一文体让我可以去除那些传说中大法官不以为意的细枝末节。口语交流的喧哗自行平息了：无需再让哈德良讲述他与奥斯洛莱斯的交谈，就像恺撒不会想到记录与维钦托利的交谈。更妙的是：托加体使我超越其同代人及其养孙，表现哈德良的对话者乃是一名理想的对话者，即*自在之人*（*homme en soi*），他是诸文明的美好幻影，直抵我们的时代，亦即直抵我们。

但是，话语即独白：在这个层面上，我找回了声音。相比我们，这一点或许更适于哈德良，因为在那个时代，一个独自阅读且很可能独自写作的人，总是高声阅读或写作。为从精心构思的话语形式中找回这声音，我借助于哈德良本人留下来的些微而多样的痕迹。《哈德良回忆录》中只有三行文字是由他口授或命秘书所写的，这可能只是对他的一生十分正式的概括。尽管如此，承认自己年轻时曾为讨好图拉真而在其席间酩酊大醉的哈德良，肯定不是那种用谎言掩盖一切的人；这位战略家在对手下部队的讲话中准确精细地描述了他们在一个演习日的进展,让人一窥其主将身份下的知识分子形象。我试图把出自国家首脑的一系列坚决的法律或行政决定,与出自一位伟大的诗歌爱好者的松散轻巧的诗句结合起来,他偏爱最深奥的诗人,自己作诗时却似乎宁愿沉湎于那个时代的通俗诗歌。我尽量充分运用那三封私密书信,它们也许是真实的,即便不是,至少也能表明当时的人认为哈德良应该怎样表达。其中一封语气欢快,写给他的岳母;另一封倨傲不羁,写给也是他秘密敌人的姐夫;第三封语气高贵,写给他的继任者。属于他的圈子的一些同时代人的文字有时似乎也折射出这个声音。阿利安(如果确实是他的话)在《黑海环航记》中致信哈德良时,给我们提供了一个例子,让我们看到皇帝的密友如何以近乎温柔的语气对皇帝提及死去并被神化的安提诺乌斯。他的秘书弗莱贡四处收集的民间传闻为我们再现了餐桌旁和营地里含糊其辞的谈话主题,如果不是语气的话。安提诺的行政区划清单充满宗教和神秘意义,为我们还原了哈德良为建立这座城市而口述的指令。

但是,嵌在厚重编年史里的罕见的哈德良说出的话也许对我帮助更大：那些敏捷的应答，或带有行伍气的莽撞，或带有意大利式的细腻；作为丈夫的语气庄严的简短评说——他承认，"如果他是普通公民的话"就会离婚；老者在其继承人临终的床前苦涩的思绪——他引用维吉尔的诗（"你将成为马塞卢斯……撒下紫花！"[1]），但他拒绝给予死者官方荣誉，只是为自己悲痛不已（"这一切已让国家太过破费……我倚靠的不过是一堵残垣断壁"）；病人愠怒的哀叹（"医生害死我了"），但其最后的座右铭却是忍耐[2]。不过是些微末之处：一些声音的碎片，用以重构语调或音色，如同用大理石碎片重塑一个打碎的胸像。人们会说语调和音色在这里无非是气质、行事方式、性格特点。我们同意这一点。我们的人物的语言是如此重要，因为语言可以完全表达或背叛人物。

我并不想象自己总是成功的。有一段很多读者喜爱的文字，以近乎抒情的笔调描写了哈德良与安提诺乌斯在希腊和亚洲的旅行，今天在我看来如同一个华美乐段、一段咏叹调，标志着我让哈德良称之为他的幸福岁月的

<hr>

1 原文为拉丁文（*Tu Marcellus eris ... Purpureos spargam flores*），出自维吉尔的《埃涅阿斯纪》。
2 原文为拉丁文（*Patientia*）。

顶点。我仍然认为遥遥追忆往昔的皇帝就是这么看的，像赫库兰尼姆[1]的伟大壁画那样秾丽鲜艳，又如日后君士坦丁凯旋门上表现他狩猎的圆形浮雕那样风格化。但我不再认为他会以完全相同的方式叙述，或至少我应该假设，他在那一刻沉湎于一种普罗佩提乌斯[2]或提布鲁斯式[3]的挽歌风格，可以说穷尽了全部文学源泉。我不怪他，亦不怪自己。讲述幸福时刻总是困难的。

我曾有机会像借助试金石一样验证另一段文字的真实性。一位教师要求他的学生把描写皇帝在安提诺乌斯死后的萎靡状态的那一页文字翻译为希腊文（我希望可以说成译回）。我迫着自己也这么做。新添加的更现代的语调立刻变得如此醒目，就像将两片雕像碎片黏合在一起的石膏。我在此引用这段话，并用黑体表示明显不当之处。"河水继续上涨，但我在冥河上航行。在多瑙河岸边的战俘营，我见过那些靠墙倒卧的可怜人不断以头撞墙，**用一种野性、癫狂又轻柔的动作**，一遍遍重复同样

---

1 赫库兰尼姆（Herculaneum），意大利古城，公元79年因维苏威火山爆发而被摧毁。
2 普罗佩提乌斯（Properce，约前50—约前15），古罗马挽歌诗人。
3 提布鲁斯（Tibulle，前55—前19），古罗马挽歌诗人。

的名字。在罗马竞技场的地窖里，我看到日渐衰弱的狮子，因为它们习惯于共处的狗被带走了。我把思绪收拢回来：安提诺乌斯死了……"这几个词无法用希腊语表达；用拉丁语则稍容易些，因为拉丁语很强调情感，就像我们的法语。但被我设定为双语的哈德良是用哪种语言对我口授他的回忆录呢？时而用拉丁语，这是很有可能的；时而用希腊语，这给了我某种游刃的余地。但有些时刻，我不经意间让他使用了我的时代的法语，重读之下，这几个词在我看来就构成了这样的时刻。读者会问我为什么不删除这些词。因为它们所带来的印象在我看来是真实的，虽然其表达方式并不真实，还因为不准确之于我，庶几相当于风险之于皇帝，即，采取一切预防手段之后，宜保留部分风险的成分，甚至应当享受其可能带给我们的丰富性。当然条件是此成分尽可能少。

告别哈德良皇帝之前，请允许我对一个形容词提出抗议，我看到人们过于频繁地将它与《哈德良回忆录》联系起来，在一些即便是褒扬的文章里：*伪回忆录*（*Mémoires apocryphes*）。"伪"这个形容词仅仅或应当仅仅指代企图充作真品的赝品。麦克菲森杜撰的莪相[1]的歌谣乃是伪作，因为他托名莪相。这个词含有欺诈之意。我此语并非出于愠怒，在我看来也并非废话：这个不当的形容词（更好的说法是"想象的回忆录"）证明，评论界和公众是多么不习惯这种对过去某个时刻或某个人物的既精微又自由的激情重构。

*

《苦炼》是复调的而非单声调的。书中有大量谈话，从具有实际目的但不可避免地包含某种潜在情感的简短交流，直到转弯抹角的对话——合拍或半不合拍的两名对话者来回交流思想，要么在完全的信任氛围中，要么相反，带着双重或三重言外之意。这部作品不像《哈德良回忆录》那样使用第一人称，即并非由一个中心人物观看和描写世界。事实上，正如我很早就感到的，《哈德良回忆录》的语气透过皇帝的声音传达，胜在恰切；我

1 莪相（Ossian），凯尔特神话中的古爱尔兰英雄，相传是一位诗人。苏格兰诗人詹姆斯·麦克菲森（James Macpherson，1736—1796）声称"发现"了莪相的诗，假托从 3 世纪凯尔特语原文翻译了《芬戈尔》和《帖木拉》两部史诗，风行一时，但实际上那些诗大多是麦克菲森自己的创作，间杂有根据爱尔兰民谣托古而成的文字。

也很快察觉，《苦炼》中现代叙事者的语气和被置于另一个世纪的人物的语气之间的反差令人难以忍受，叙述部分应当尽可能采用间接引语，有时透过泽农或任何其他主角或配角，有时透过"传闻"——如同沉闷而几乎总是愚蠢的合唱式的低语。哈德良从回忆的角度进行反思的生活让位于非常贴近口语的日常感受的生活。

16世纪的文学风格在某种程度上对我有所帮助，因其具体、直接以及部分继承自某个中世纪的特殊性。但原汁原味的口头交流在16世纪与在古代文学中一样罕见。伊拉斯谟[1]的拉丁文对话是出色的书面文字。阿雷蒂诺[2]的作品则是了解其所处时代最底层取之不尽的信息源泉，但仍可归于那种盛行的体裁，即或多或少讽刺化地表现民间生活的体裁。意大利喜剧是高度风格化的。彼时的编年史家所转述的本来意义上的"话语"，与在古人那里一样，并非谈话的片段，而是谈话中令人难忘的"词"，如科利尼海军上将[3]的妻子对丈夫作出的答复，因

---

1 伊拉斯谟（Érasme，1466—1536），文艺复兴时期尼德兰著名人文主义思想家和神学家，用拉丁语写作。
2 阿雷蒂诺（Arétin，1492—1556），文艺复兴时期意大利作家。
3 科利尼（Gaspard de Coligny，1519—1572），法国海军上将和政治家，法国宗教战争时期胡格诺派的重要人物，在圣巴托洛谬大屠杀之夜被杀。

其直截了当而如此动人，后者给她十五天的时间作出一个危险的决定："十五天过去了，大人。"（与之相应，"十五天过去了，我的丈夫"是在类似的情形下，经《苦炼》中的希尔宗德之口所说。）德国人肖普关于处决布鲁诺所说的可恶的俏皮话[1]也是如此，我将之借用于对泽农的审判。只有莎士比亚以及伊丽莎白时代他的某些仿效者让我们不时看到16世纪口头交流的生动语气，那里至少未经某种修辞术的填充，但那是《苦炼》情节结束之后的一代了。但这激情的修辞本身便是古老的：李尔王或哈姆雷特的某些抒情的独白，听起来属于戏剧世界，但也使我们了解到某些特别强健或深沉的灵魂所强烈感受到的情感语言。这些独白所呈现的对于这个世纪末的人类所思所感的认识程度，是我们之前任何一个时代都没有达到的。

书面语与口语之间的摇摆持续出现在某些16世纪的作品中。当然并非所有作品：以古代为榜样的人文主义者摧毁了经院思想与表达的惯例，却创造出其他的演说惯例，有时一直延续至今。不过，我们仍然在阅读的作

---

1 可参见《苦炼》（上海三联书店2021版）。

品十分接近口语模式。阅读蒙田[1]常常让我们产生这样的印象，即默默参与一场单方面的谈话；路德[2]的文字具有平民方言的全部鲜活与鲁莽。阿格里帕·冯·内特斯海姆[3]与梅斯一名诚实的神父就宗教裁判所一起丑闻交换的信件，语气愤慨，带有口头证明的热度。丢勒[4]则在严格的私人备忘录的形式下，以一种口语甚于书面语气的风格撰写他的日记，其中，就在关于账目与驿站的记录中，突然出现他对母亲临终状态的记载，或梦魇醒来后潦草的速写混杂着凌乱的语句，令我们难以忘怀。

除私人化的作品之外，我们还遇到了秘密的作品。私下里，列奥纳多[5]用他的反体文字写下了仅给自己的笔记，它们直到三个世纪后才偶然问世，让我们感到进入了一个天才的内心世界，未受任何中间阐释的干扰——他自我记录，别无见证。这些笔记是非文学性的，

1　米歇尔·德·蒙田（Michel de Montaigne，1533—1592），文艺复兴时期法国哲学家，著有《随笔集》。
2　马丁·路德（Martin Luther，1483—1546），宗教改革家，基督教新教的创立者。
3　阿格里帕·冯·内特斯海姆（Agrippa von Nettesheim，1486—1535），文艺复兴时期欧洲哲学家和卡巴拉学者，著有关于魔法的论文《神秘学》。
4　阿尔布雷特·丢勒（Albrecht Dürer，1471—1528），德国中世纪晚期、文艺复兴时期著名油画家、版画家、雕塑家及艺术理论家。
5　指列奥纳多·达·芬奇，他去世后留下了大批手稿，多以其独特的左手镜像反体书写。

因为列奥纳多几乎全靠自学，甚至有过于泽农，但它们就如同直接自我的一切，上升到了纯调性的诗歌境界。威尼斯使节的某些秘密记述如同一个声音在窃窃私语。肮脏的册页上涂满了杂以拉丁文的意大利俗语，有的出自抄写员，他用文字记下了遭受酷刑的康帕内拉语无伦次的话语；有的出自密探，他记录了哲学家及其友人皮埃特罗·蓬齐奥修士在狱中的对话——这些文字看起来更像是完全如实照录的，一个人在挣扎中的呼号，或本已是秘密谈话的隐秘传言。彼时它们只是呈现在多少有些心不在焉或明察秋毫的法官眼前，随后湮没在那不勒斯王国的司法档案中，直到1886年出版，但在事件与我们之间，那具体可感的恐惧仿佛并未消散。关于这些资料，我在《苦炼》中没有使用抄写员的刑讯记录，因为我让泽农免于受刑，以避免任何戏剧化嫌疑。从密探的记录里，我只引用了那位深情的皮埃特罗所说的两句话，"我们睡吧"和"我心爱的"[1]，这是泽农临终前一刻听到的另一个友好的声音从遥远的过去向他低语。没有任何其他文字曾让我如此强烈地感受到冲破时间阻隔的听觉

1　原文为拉丁文（*eamus ad dormiendum，cor meum*）。

冲击。

我们从泽农所讲的语言，或更准确地说是多种语言（因为哈德良是双语，泽农则是多语）中，还能对口语有所了解，而我们从 2 世纪的拉丁语和希腊语中将永远不会获得任何对口语的认识，这说明语言是在向口语的方向演变的。姑且认为从 1550 年至今，法语虽然发生了很多变化——常常变得更糟，并走在作茧自缚的狭隘的修正道路上，但我仍可让我的人物说出无数原汁原味的话来。我承认，尽管可能造成不必要的审慎印象，我还是就每个可疑的词查阅了词典，即每个我预感是在 16 世纪后或最多 17 世纪初进入语言体系的词，并无情地将之舍弃，因为我的人物不会以这样的形式表达思想。以几乎同样的谨慎，我尽可能避免使用任何来自 16 世纪末之后的日常用语，而我本来很可能忍不住使用它们，仅出于对优美意境或古风的热爱而并无任何其他合理的心理基础。正是为"年代感"而贴上去的词或细节，与同样经常出现的时代错误一样，使"历史小说"名不副实。

试举几例："新教徒"一词从 16 世纪初起便不时出

现，但它仍然不为察觉地摇摆在以下两个意义之间，即指代一名基督教派成员的实际意义，以及其现在分词的意义，即反抗者，此后这个词对读者而言过多地承载了一个新兴教派的意义[1]。在《苦炼》中，它主要是以武装教派的意义出现，也像"天主教徒（*catholique*）"一样（"反叛的亲王们""我们天主教徒"）。胡格诺派[2]只在法国背景下才有意义，而这部小说的人物主要置身于帝国的领土；而且，它几乎和"*决斗用的长剑（rapière）*"这个词一样陈腐。"路德派教徒""加尔文派教徒""再洗礼派教徒"等界定更明确的词，则对我们的主题更有用：它们表明，这些群体在何等程度上仍被视为时有激烈分歧的各自独立的群体，且完全不像外界感到的那样融合为铁板一块。同样的看法适用于"*毁坏圣像者（Briseurs d'images）*"，这个说法有时指再洗礼派，有时指加尔文派，有时兼指二者，它告诉我们弗拉芒大城市的市民愿意知道的有关危险的反叛者的情况，此外别无其他。"*所谓的宗教改革成员（Membres de la religion prétendue*

---

1 "新教徒"一词本是动词"抗议"（protest）的现在分词，字面义为"抗议者"（protestant）。
2 胡格诺派（Huguenot），16—18世纪法国新教加尔文派的别称。

réformée）"这个说法则适宜出自神职人员或法学家之口。我查看了《苦炼》的一些译本，发现其中亨利-马克西米利安上尉说起梅毒来就像一名 20 世纪的社会学家，而不是暗指他当兵时的老毛病——花柳病；"*梅毒（syphilis）*"这个医学词汇一度出现在当时一名医生写的一个拉丁文寓言里，但这无济于事，因为它直到很晚之后才成为常用词，而且首先是委婉用法。"*家伙（bougre）*"这个词也对我的一些译者搞了个恶作剧。有的译者含蓄地将之译为"*异端分子（hérétique）*"，但这个说法只有用在 12 或 13 世纪时才恰当；还有的采用了相当于"*好小子（bon type）*"的译法，这显然过于现代，尽管其词义确实相当快地滑向了这个意思。这个词的性意味被他们忽视了，而这在 16 和 17 世纪的口语中是不容置疑的。"*爱国者（patriote）*"一词直到 18 世纪才成为常用语，出现在 1550 年左右的一个平民口中会很荒谬，但在《尼德兰动乱编年史》（*Chroniques des troubles des Pays-Bas*）中常常出现。这些省份中有教养的市民阶层在与来自西班牙的世袭君主的斗争中，实际上把这个词从其希腊和拉丁读物中摘了出来，并至少提前两个世纪就以自

己的方式加以使用。它在方济各会修道院院长的高雅语言中有一席之地（"*我的教子，德·威塞姆先生，一位爱国者……*"）。形容词"*比利时的（belgique）*"是另一个令我烦恼的词。不太了解语言史的读者以为它诞生于 1830 年左右，其实它在这时消亡，被形容词"*belge*"取代，多少有些笨拙地化身为彼时一个新生国家的专有名词[1]。某些消亡的词可以像钉子一样把一个日期固定下来，这时其运用便是合理的：当泽农从他对时间与空间的冥想中回过神来，想起自己此时正躺在比利时的（*belgique*）一个角落时，这个形容词把他带回到了 16 世纪。

古代之人，至少当他属于卓尔不群的极少数有教养者的时候，原则上倾向于将非理性理性化，并从特别与具体过渡到普遍与本质。当然除了少数例外：如我们所说，历史方面有苏维托尼乌斯，艺术方面则有罗马胸像的塑造者。也除少数例外，16 世纪的伟大心灵倾向于个人化和特殊化。为信服此点，只需将普鲁塔克讲述的一件轶事与蒙田对同一事件的重述进行比较即可。《苦炼》

1　今天 *Belgique* 为名词，指比利时；*belge* 是形容词，意为"比利时的"。

的语言几乎在每一行都需顾及此特殊性。幸运的是，16世纪的词汇与我们的时代仍然颇为相近，指称某物的某词很少令现代读者产生语义上的困惑。假若当初我想详细描述哈德良一生中的每件小事，就须谨慎地避开"卧躺餐厅（*triclinium*）""四马二轮战车（*quadrige*）""象牙椅（*chaise curule*）"这样的词，部分原因是避免掉书袋，主要原因则是给古代留一个空间简洁的形象，这肯定是虚假的，却有真实的部分——如果我们联想到近东甚或意大利即便在奢华当中，也总是倾向于一种简朴的生活方式。相反，在《苦炼》中，每个指称某物的词，以及此物自身，我们对之往往相当熟悉（还能持续多久呢？），以致在泽农的冥想需要时，可以突然间变得怪异，而当一个物或词属于距我们过于遥远的文明时，这样的条件是无法满足的。就像在文艺复兴时期北方画派的画家那里，物体与所表现的人物构成一体，有时因精湛的手法而获得了一种令人不安的生命，物体因而与指称物体的词一道，成为某种关系的表现或某种束缚的标志。从数以百计的物件中选出的几件便是如此，比如泽农在修道院院长床头一夜无眠之后要去修道院餐堂取用的汤碗，将为他开启死亡的不足两寸长的刀刃，或他前一天穿的衬衣——用以堵塞牢门与地板之间的缝隙，好让狱卒无法察觉走廊地面的血迹。每个具体的词都成为人物制约条件的一部分，大多数人被动承受这制约条件，而其中几人，如泽农本人，则试图摆脱之，并在某种程度上做到了，哪怕以他们的生命为代价。

我们关于指称事与物的词语的讨论应当也适用于表达个人的话语。在《哈德良回忆录》里，尽管其风格是"复调"的（某种程度上并非如此），我们却几乎听不出阿利安、阿蒂亚努斯、查布里亚斯或哈德良本人的语言有什么具体的区别；变化多样的是性情（图拉真的语气应当时而比哈德良欢快，时而比他峻切）；在智识的归属上，一个是斯多葛主义者，一个是毕达哥拉斯主义者，第三个是皮浪怀疑主义者，至多可感到不易觉察的细微差别；总体而言，这些优秀的心灵属于一个至少在他们的层面上是平稳的文明，并且大致说着同样的语言。《苦炼》的人物在语调上的差异构成了一系列交错的形态，部分原因当然是时间并未以同等程度磨蚀他们的意见冲突，其后果仍然影响着我们，更是因为十六个世纪之久的常常很拙劣或本无必要的论辩，在精神上刻下了难以磨灭的沟壑。古代世界在我们看来并未完全愈合，无论对错。《苦炼》中被卷入诉讼的三名神职人员说的不是同样的语言，他们中的每一个都不完全懂得，或至少不完全使用泽农的语言。哲学家和议事司铎表面上在交谈，但前者的话几乎没有一句被教士完全听进去，尽管后者自有其明智的审思方式，叛教僧侣的经验丝毫不能触及这位严守教规的神学士，而他却要审判他们：他们完全可以生活在另一个时代，另一个世界。主教的非个性化语调完全是当时的经院腔调：它并不告诉我们任何关于人的东西。修道院院长如此自然流露的语言至少包含三个层面：通晓公共事务的前政要；严格而清苦的修道士和上司；布道者。泽农的审慎中混杂着对院长所代表的教会的不信任与对他之为人的温情，正是出于这十分正当的审慎，泽农有时装作不懂院长吐露的沉痛隐情，但确实，在他这位虔诚的保护人的话里，至少在一开始，泽农可能并未领悟到其深沉的慈爱款曲。相反，院长则进入了其对话者的精神世界，超出了后者之想象，但在友人过于大胆的思想和他自己的思想之间，他宁愿设置一个沉默区（"不要暗示我所不愿听到的"）。亨利-马克西米利安上尉具有开放的精神，熟谙某些人文学科，与泽农享有共同的童年回忆，他听懂了哲学家的话；而一旦过了某一点他便跟不上了。王侯们和商人们则固守着他们作为王侯和商人的职业用语。

泽农的语言是一个连续养成的过程。最初是弗拉芒语，来自街头、平民百姓的厅堂，以及与工匠的几乎秘密的联系，这联系在他在布鲁日度过的最后几年浮上表面。他与亲友所说的口头法语已是一种文化语言，这也是他的作品以及他与上尉和方济各会修道院院长交谈时的语言。但德语、意大利语、西班牙语，甚至他漫游年代的阿拉伯语，都在与之竞争。他从经院教育中学得的拉丁语不断回到他口中；他用不同的工具语言思考，推理时则用拉丁语，或至少借助来自拉丁语的逻辑资源；因而我在他的话语中不时像安插路标一样置入这种与人文主义者使用的拉丁语无关的经院拉丁语。将形成于17世纪的科学语言及其数学隐喻显然还不是他的语言；实验是他的领域，实验语言也是与他合作的工匠和他照顾的病人的语言，在吕贝克是德语，在布鲁日是弗拉芒语。

他在狱中的一个消遣是为自己构思一种理想语言，除逻辑外不受任何限制。在题为"深渊"的章节中，他处在不可表达与不可言说的边缘，词语，乃至概念，都沉寂了；意识状态由炼金术语言的隐喻所表达，其中浮现着人类所有不断重现的神话。

我想直到作品第一部分的尾声我才接近了这种紧贴思想与话语的语言自发性。小说前一百多页仍然保留着编年史的语调，除少数例外，比如最值得一记的也许是泽农在乌图斯特森林度过的那天；在为数不多的谈话中，作者采用了假设人物在这些特定情形下会使用的语调：这些谈话还不是从他们口中自然而然发出的。对于被织工的到来所扰乱的德拉努特的节日，叙事采取了对位方式，每个声音进入时堪堪恰如其分，过于节制，以致除了作为一种声音样本外别无他用。泽农和维维安的谈话以一种中世纪歌谣的语调写成，但我难以判断这是因为我满足于这种风格化形式和这近乎肤浅的层面，还是因为小女孩本人不会用别的方式说话，年轻的泽农亦然，总之他让自己迎合了她的说话方式。无论如何，在我看来，语言的完全自由要一直到成熟且已衰老的泽农在因斯布鲁克再次见到他的同伴亨利-马克西米利安之时才得以展开。从那时起,直到全书结尾,我感到自己稍稍远离了对 16 世纪生活的重构,稍稍接近了 16 世纪的生活本身。

1972

未经文学加工的口语实例

康帕内拉审讯笔录，1597—1601

I. 一名密探的报告

某位弗朗切斯科·塔尔塔格利亚奉王室顾问唐·乔瓦尼·桑切斯·德·卢纳之命，被派往那不勒斯的新堡 12 天，其间多次听到托马索·康帕内拉修士和皮埃特罗·蓬齐奥修士的交谈。特别是在 4 月 14 日夜，塔尔塔格利亚和另外两名狱卒马丁内兹和奥诺弗里奥听到以下对话：

皮埃特罗修士四次呼唤托马索修士，说道：

皮 —— 噢，托马索兄弟，托马索兄弟，托马索兄弟，噢，托马索，你听到了吗，噢，我亲爱的朋友？

托 —— 你好！你好！

皮 —— 噢，我心爱的，你好吗？鼓起勇气来，因为使者明天就到，我们会知道一些事。

托 —— 噢，皮埃特罗兄弟，你为什么不想办法打开这扇门，我们就可以睡在一起，我们会十分欢喜。

皮 —— 上帝保佑，让我能给那两个守卫十个金币，给你，我亲爱的朋友，每个时辰给你十记亲吻。我把你的十四行诗传遍了那不勒斯，我把它们全都熟记于心，没有什么比读你的诗更让我热望的了。

托 —— 我会给使者一些。

皮 —— 好的，噢我心爱的，但让我有幸先给我和我的兄弟费朗特吧，然后给使者一些。

托 —— 去歇息吧！晚安！

署名：塔尔塔格利亚

（另外的笔迹）

托 —— 你弟弟和你教父那里有什么消息？

皮 —— 他们会被安置在俗家平民那里：吉约塞普·戈里奥和弗朗切斯科·安托尼奥·奥利维耶里。

托 —— 你弟弟在那儿吗？

皮 —— 费朗特跟这伙俗家孩子在一起。

托——噢，可怜见的！谁知道这可怜的小弗朗切斯科·安托尼奥·奥利维耶里变成什么样了……

皮——你现在看见了……你今天写得多吗？

托——很多。

皮——马丁内兹不在城堡，上尉差人叫走了奥诺弗里奥。我们可以说话了。

托——你不了解西班牙人。

皮——我了解他们，还有他们犯的罪。

托——你知道托马斯·阿萨汝斯是不是获得自由了？

皮——我什么都不知道。问楼上的人。

托——不可能。皮埃特罗兄弟，我明天设法给你送来一张纸，上面写着我不能说的话。我听到有人来了。

皮——上帝保佑我们摆脱他们！说拉丁语吧：这些无知的家伙听不懂。（两人沉默片刻。）

皮——没有人。他们不会不带火把。

托——你有火吗？

皮——没有，什么也没有。

托——我看到火光了。我们睡吧。

皮——我们睡吧。

II. 康帕内拉的受刑记录

　　a) 1600 年 7 月 18 日。

　　被告 —— 我很疼。

　　有人对他说还要加刑。

　　被告 —— 不要！你们想要我怎么样？我要死了。

　　有人问他为什么不回答问题。

　　被告 —— 我不能……唉唉唉……蠢货！我浑身疼，兄弟。放下我。你们不可怜可怜我……

　　有人对他说要试一种新的刑法，绳刑。

　　他 —— 好……好……来吧。兄弟，他们把我弄得一点力气都没了……

　　有人问他为什么不说实话。

　　他 —— 我不行了……兄弟，我尿了（他开始撒尿）。

　　随后他沉默了。然后说：

　　他 —— 我拉在裤子里了。

　　随后他沉默了。有人让他说话。

　　他 —— 我不能。

有人让他向法官大人求饶。

他 —— 让我拉屎……我要死了，上帝啊！

有人问他晚饭好不好吃。

他 —— 我不行了。

有人问他抓捕他的圣职专员叫什么名字。

他 —— 让我睡吧，托马兄弟。

有人问他谁是托马兄弟。

他 —— 托马兄弟就是我。

他被放下来送回监狱。

b）1601 年 6 月 4—5 日的审讯，两名主教和一名教廷公证人在场。

有人对他说他会遭受酷刑，如果他继续装疯卖傻。他答：

被告 —— 十四白马……

接下来是一些答非所问的胡话。

他被绑在刑架上。

他 —— 绑好些……看你们把我弄残了，唉，上帝！

有人叫他识时务。

他 —— 我没对你们做任何事……放了我，我是个圣人！……我是圣洁的，怜悯我……[1]唉，我的上帝……我死了，我的心！死了！……他们把我的手捆这么紧……噢，我什么也没做，听我说……

他继续叫喊，一直说：

他 —— 唉！

他忍着折磨，说道：

他 —— 唉，帮我的兵丁呢……快来啊……噢，我要死了……救救我……我要拉屎……

有人跟他说别装疯卖傻。

他 —— 放了我……别杀我……我给你们十五个卡令……我什么都没干。

有人叫他别装疯卖傻。人们捆他的双脚时，他说：

他 —— 噢，他们要弄死我了。

他听到来自新堡港的船上的号角声，说道：

他 —— 吹号啊！吹号啊！他们弄死我了。

有人对他说不要装模作样，他一言不发，头垂在胸前，整整一个钟头。

---

1 原文为拉丁文（*Sanctus sum，miserere* …）。

有人对他说可以放他下来，如果他肯答话，但他只说：

他 —— 不……我尿了……

他想下来，于是被放下来，然后说道：

他 —— 我要拉屎。

有人把他领到茅厕。随后他再次被法官大人问讯，他说：

他 —— 我是托马·康帕内拉修士。

有人问他的出生地和年龄。他不回答。法官大人命人再把他架上刑架。他又被摁坐在上面，被兜头打。他说：

他 —— 你们打死我了，噢！

有人命令他回答，不要睡着。他说：

他 —— 坐下……坐下……座位……闭嘴……闭嘴……

有人问他出生地和名字，他说：

他 —— 救救我！

然后他沉默了。

有人对他说别再装疯卖傻，他沉默不语。

后来他低下头说：

他 —— 唉！唉！

夜晚第一个小时过后，有人再次问他出生地和年龄，他对法官大人说：

他 —— 别这么对我！我是你们的兄弟！

然后他沉默了。

有人对他说别装疯卖傻，他说：

他 —— 我要喝水！

有人给他喝水，他大喊：

他 —— 帮帮我！……噢，欢喜啊！

夜晚第二个小时过去了，有人叫他别装疯卖傻，他说：

他 —— 别杀死我，兄弟！

有人问他是教士还是俗家人，他回答了许多不相干的话，然后说道：

他 —— 我是多明我会修士……我做弥撒……

他举出了几个教派成员，并要求喝一杯。

他 —— 给我喝酒！

有人给他酒，他说：

他 —— 噢，我浑身疼……

整个后半夜他不再发一言，但一直挺着，蜡烛亮着。天亮了，人们打开窗户，熄灭了蜡烛。他始终不发一言。有人叫他不要装疯卖傻。他说：

他 —— 我要死了……我要死了……

有人问他为什么被捕，他说：

他 —— 我死了，我不行了，我的上帝！

有人叫他不要装疯卖傻，他说：

他 —— 我要死了。

法官大人命令停止用刑，让他坐下，于是这么做了，坐下时他说他想撒尿，便被领去茅厕，就在刑讯室附近。第三个小时到了，人们想再把他架到刑架上，他说：

他 —— 等等，兄弟们！

一上刑架他就不再发一言，待着，忍着，安静而沉默。然后他说脚太疼了，要求把他的脚抬起来一些，人们照做了，他便安静下来。法官大人们问他是否想睡觉，他说：

他 —— 是！

有人对他说要是答话就让他舒舒服服睡觉，他什么都没说。

（与另一名被告对质）

随后他被允许下来吃喝并去茅厕，花了一个钟头，然后再次被架上刑架，他说：

他 —— 你们想要我怎样？

他仿佛不再感到痛苦，什么也不说。

法官大人听到他要吃鸡蛋，命人用盘子给他端去三只鸡蛋；有人问他要不要喝的，他说要，于是给了他酒；法官大人说他若答话可以给他更多，然后对他说要再次用刑，他说：

他 —— 放开我！

有人问他为什么这么在乎他的肉身，他答：

他 —— 灵魂不死。

他不停重复：

他 —— 我要死了，我要死了……

法官大人命人把他放下来，收拾好，穿好衣服，送回监牢。酷刑已持续了 36 小时。

署名：约翰内斯·卡米卢斯·普雷奇奥索

那不勒斯大主教法庭记录

及教会审判公证人

....

一名负责把犯人送回城堡监牢的狱吏在穿过王室大厅的时候听到他说：

他 —— 他们以为我会蠢到招供呐。

审讯笔录 345，402，404，395

（路易吉·阿玛比莱[1]，《托马索·康帕内拉修士》，

那不勒斯，1882）

玛格丽特·尤瑟纳尔译

---

1 路易吉·阿玛比莱（Luigi Amabile，1828—1892），意大利医生、历史学家和政治家。1882 年在那不勒斯出版《托马索·康帕内拉修士：他的密谋、审判和疯狂》（*Fra Tommaso Campanella，la sua congiura，i suoi processi e la sua pazzia*，Naples，Morano，1882）。

IV

时间，这伟大的雕刻家

IV

Le Temps, ce grand sculpteur

一座雕像完工之日，在某种意义上，便是其生命开始之时。第一个阶段完成了，整块质料在雕刻家的精心雕琢下变为人形；第二个阶段穿越许多个世纪，历经崇拜、仰慕、热爱、轻蔑或冷漠，承受连续不断的侵蚀与磨损，又渐渐回归于雕刻家曾使其摆脱的不具形的矿物状态。

　　毋庸讳言，我们已不再有任何一座古希腊人所知状态下的古希腊雕像了：在一座 6 世纪的少女或少男雕像的发间，时而依稀可辨泛红的痕迹，宛如现今最浅淡的散沫花色，见证着它们身为彩绘雕塑的古老品质，仍然跃动着模特与偶像那热烈而几近骇然的生命力，更何况这些模特与偶像也可能是杰作。这些模仿有机生命形式塑造而成的坚硬物体，以其自身的方式承受了堪比人的辛劳、衰老与不幸。它们改变了，就如时间将我们改变。基督徒或蛮族的蹂躏，被遗弃在地下的岁月里所处的环境，直到重见天日回到我们手中，使它们获益或受损的或明智或笨拙的修复，或真或假的污迹和铜锈，所有的一切，包括它们如今被封闭其中的博物馆的空气，无不在它们金属或石质的身体上打下了永久的烙印。

这其中有些变化美妙绝伦。它们在某个头脑、某个时代、某种特定社会形式所意想的美之上平添了一种非意想之美，与历史巧合相关，由自然原因和时间作用所致。雕像破碎得恰到好处，以致从残片中诞生出一件崭新的作品，恰因其碎裂而完美：踏在石板上的一只令人难忘的赤足，一只无瑕的手，一个高速奔跑中的弯曲的膝盖，一具躯干——不管配上什么脸孔都不能阻碍我们对它的爱。一只乳房或一个生殖器，从中我们比任何时候都更清晰地辨认出花朵或果实的形状。一个轮廓，其中人事或神迹全然缺失，只有美继续存在。一尊线条磨损的胸像，介于人像与死者头颅之间。这具粗糙的躯体犹如被海浪冲刷的礁石；这片残损的碎片几无异于在爱琴海滩上捡拾的砾石或鹅卵石。而专家毫不怀疑：这磨蚀的线条、这忽隐忽现的曲线只能来自一只人手，一只希腊人的手，曾在某处和某个世纪中劳作。全部的人便存乎于此，他与宇宙巧妙的协作，他与宇宙的斗争，以及这最终的失败——精神与物质支柱几乎偕亡于其中。在物的废墟里，他的意愿最终得以确认。

暴露在海风中的雕像泛白而多孔，如同坍裂中的盐岩；其他雕像，如提洛岛上的石狮，已不具动物的样貌，变成发白的化石、海边阳光下的骸骨。帕特农神庙的众神在伦敦空气的侵蚀下渐渐变为死尸和鬼魂。18世纪的修复师们修复并涂以古色的雕像，与教皇或亲王宫殿里光亮的镶木地板和光滑的镜子相得益彰，散发出豪华高雅的气息，不显古色古香，反令人想起它们见证过的节庆，这些依时代风尚修饰的大理石神像曾被昙花一现的肉身之神倚靠。葡萄藤叶好似古代长袍将其装扮。一些次要的作品未被用心放在为之准备的画廊或亭台，而是被轻轻弃置于一棵梧桐树下，一处喷泉旁，年深日久，有了一棵树的庄严或一株植物的慵懒；这多毛的牧神是一段覆满青苔的树干；这窈窕的仙女仿若亲吻她的金银花木。

还有些雕像完全因人之暴力而具有了新的美：将其掀下底座的推力、破坏圣像者的锤子使其成为如今的样子。古典作品因而浸淫着悲情；残损的神像带有殉道者的神情。有时，自然的侵蚀与人类的残暴共同创造出一种前所未有的形态，不再属于任何一个流派或时代；无头、无臂、与新近找到的她的手相分离，被斯波拉泽斯群岛的劲风吹拂，萨莫色雷斯的胜利女神与其说是女人，不如说是海天长风。从古代艺术这些无意的变形中产生出一种现代艺术的假象：那不勒斯博物馆的普赛克像，头盖骨被齐齐削下，水平分割，有了罗丹雕塑的意味；一具在底座上扭转身体的无头躯干像，让人联想到德斯皮奥[1]或马约尔[2]的作品。当今的雕刻家为追求抽象效果而以巧妙技法刻意模仿而成的，此处则与雕像自身的遭遇密不可分。每处残损都有助于我们重构一起罪行，或追溯其根源。

这尊皇帝雕像的面部曾在某个叛乱的日子遭到锤打，或被重新雕琢以供继任者使用。一名基督徒曾用石头打掉了这座神像的阳具，或打断了他的鼻子。一个贪财者从这尊神像的脸上摘去了宝石做的眼珠，空留一副盲人的面孔。一名雇佣兵，在一个劫掠的晚上，吹嘘说用肩

1　查里·德斯皮奥（Charles Despiau，1874—1946），法国雕塑家。
2　阿里斯蒂德·马约尔（Aristide Maillol，1861—1944），法国雕塑家和画家。

膀一下子就撞倒了这尊巨像。肇事的时而是野蛮人，时而是十字军或土耳其人；时而是查理五世的雇佣兵，时而是波拿巴的猎手。司汤达则对着足部断裂的赫马佛洛狄忒斯感怀伤神。一个暴力的世界围绕着这些宁静的形体旋转。

我们的先辈修复雕像；我们为其除去假鼻和假肢；我们的后代大概另有一套做法。我们今天的视角有得亦有失。再造一个完整的雕像，为其加上假肢，这样的需要部分源于拥有和展示一件状态良好的物品的天真愿望，这是所有时代所固有的，单纯出于拥有者的虚荣。但是，从文艺复兴起几乎延续至今，所有大收藏家都热衷于过度修复，这大约出自更深层的原因，而不单是由于无知、习俗或粗俗焕新的偏见。我们的先辈也许比我们更具人性，至少在艺术领域，他们对艺术的希求几乎仅仅是快乐的感受，并且独有与我们不同的感受方式，因而他们很难接受这些残损的杰作，这些石质神像上暴力与死亡的印记。古代文物的伟大爱好者们过去出于虔诚而修复。出于虔诚，我们除去他们的修复。或许我们更习惯于废墟和创伤。我们不相信促使托瓦尔森[1]去修复普拉克西

1　贝特尔·托瓦尔森（Bertel Thorvaldsen，1770—1844），丹麦雕塑家。

萨莫色雷斯的胜利女神雕像，现藏于法国卢浮宫博物馆

特列斯[1]的品味或精神的延续性。我们更容易接受的是这样的美，这与我们隔绝，收藏于博物馆而不是我们的居所，被贴上标签的僵死的美。最后，我们的感伤之情在这些伤痕中找到了寄托；我们对抽象艺术的偏好使我们热爱这些缺陷、这些断裂，它们可以说抵消了这雕像艺术中蕴含的强大的人的因素。在时间引起的一切变化中，没有什么比欣赏者品味的骤变对雕塑的影响更大的了。

比其他任何变化形式都更为动人心魄的，是沉没海底的雕像的改变。载着一位雕刻家完成的委托作品、从一个港口驶向另一个港口的船只，罗马征服者堆满了战利品以运往罗马的战船，或者反过来，当罗马不那么安全时，将之运往君士坦丁堡的船只，有时连人带货葬身大海；这些遭遇海难的青铜雕塑，有几尊状态完好地被打捞上来，就如被及时救助的溺水者，从其海底羁旅中只保留着令人赞叹的铜锈，就像新近发现的"马拉松男孩"或那两尊强有力的里亚切武士雕像。相反，脆弱的大理石雕像从海底打捞出来后，仿佛被海浪随心所欲地

1　普拉克西特列斯（Praxitèle，前395—前330），古希腊著名雕刻家。

啃噬、咬啮、腐蚀、雕琢出巴洛克式的螺旋，嵌满了贝壳，就像我们童年时代在沙滩上购买的盒子。雕刻家所赋予的形式与姿态对它们而言不过是短暂的插曲，介于其山岩深处的无涯岁月及其深埋海底的漫长生涯之间。它们经历了这无痛苦的分解，无死亡的丧失，无复生的存活，投身于受其自身法则所支配的物质的命运；它们不再属于我们。如同莎士比亚最美丽最神秘的诗歌所诵及的那具尸骸，它们也经历了丰富而奇异的海底巨变。海神尼普顿，雕刻工坊出色的仿制品，本用于装饰一座小镇的码头，渔民在那里向他供奉首批捕捞的海产，而今已沉入尼普顿的王国。天上的维纳斯和十字街头的维纳斯则都已化身为海里的阿芙洛狄特。

1954

1982

V

丢勒一梦

V

Sur un rêve de Dürer

过去罕有对真实梦境的记载；我指的是梦者本人醒来后匆忙记下的梦。列奥纳多在他的《达·芬奇笔记》里记载的令人惊叹的梦境奇异地与大师的素描或画作相仿，但给人的印象更多是延续到清醒或半清醒状态的梦境体验，而非本来意义上的梦。但丁[1]《新生》里的凄伤的梦、吉罗拉莫·卡尔达诺[2]充满寓意的伟大梦境也处在这介于梦、白日梦和理智视觉（*visio intellectualis*）之间的境界，中世纪到文艺复兴时期的许多诗人、画家或哲学家常常光临此境，现代人则几乎不会涉足其中，而当他冒险这么做时也会步入歧途，因为他既无准备亦无向导。

然而，我们拥有一个 16 世纪的人写下的对一个梦的非同寻常的记叙，这是一个纯粹的梦，而且伴以一幅速

---

1 但丁·阿利吉耶里（Dante Alighieri，1265—1321），文艺复兴时代的开拓者，意大利中世纪诗人。《新生》（*La Vita Nuova*）是但丁的早期代表作。
2 吉罗拉莫·卡尔达诺（Jérôme Cardan，1501—1576），意大利文艺复兴时期百科全书式的学者，主要成就在数学、物理、医学方面。

写为佐证。这个梦记录在丢勒的日记里。以下即艺术家甫一醒转便留下的记录：

圣灵降临节后星期三到星期四的夜里（1525年6月7—8日），我在梦中见到了这幅速写表现的景象：无数巨大的水柱从天而降。水柱起先砸在四英里外的地面：在骇人的震动和巨响中，整片大地都被淹没。我惊恐万状，惊醒过来。随后，其他水柱倾泻而下，猛烈而巨量，十分恐怖，有些落在远处，有些则近在咫尺。大水从如此高的地方落下，以至于看起来好像降落得很缓慢。但当最初的水柱接近地面时，其坠落之势变得如此之快，伴随着如此猛烈的巨响和风暴，以致我惊醒过来，周身百骸战栗不已，久久回不过神来。于是我一俟起床便画下了如上所示的景象。上帝令万事向善。[1]

此梦无任何象征意义，这令人惊讶。一名德国批评家从中看到了宗教改革的动荡对丢勒的影响：这是他的

1　此句出于《罗马书》8：28，《圣经》和合本中译版全句为："我们晓得万事都互相效力，叫爱神的人得益处，就是按他的旨意，被召的人。"

《幻象》，丢勒，©奥地利维也纳艺术史博物馆

一家之言。一名精神分析学家会假设这位伟大画家被水的形象纠缠：这有待证明。在丢勒的绘画或版画中，水只占据极少的位置，也没有丝毫灾难性的样貌。我们想到他画中宁静的因河，那清澈的河水倒映着因斯布鲁克的城墙，如今令我们满怀乡愁，还有轻抚特伦特城的静谧的加尔达湖，又或者林间空地里的那方池塘，它更显阴沉，带着几乎野性的孤独，但仍具有一种不可动摇的宁静。他的作品中不仅几乎完全没有水的狂暴形象，而且这梦中的洪水与《圣经》中的大洪水毫无相通之处，

后者充斥着人类戏剧性的恐惧与绝望。唯一的雨水出现在他大约15年前制作的版画《世界末日》里，从一团云里洒下大颗雨滴，云中露出一条长着羊头的龙，而这个细节仅是次要的。此外，令人吃惊的是，尽管有四散的星辰、火焰和云翳，这些《启示录》的图像在丢勒那里，以及也许在他之前的圣约翰那里，都不具多少宇宙意义，而仅仅是人间戏剧的象征表象。

而在他就此梦境的速写中，幻象体验者是一名写实主义者，而他所目睹的是一出宇宙的戏剧。他的精确堪比物理学家。从第一道水柱的冲击开始，他就试图估量自己与水柱落点的距离，并据此对其他水柱进行估算。他注意到这些从极高处坠落的水流表面上看起来缓慢，随后则以令人晕眩的加速度下降。在一场梦中，他感到大水降落的震动并听到其轰鸣，以我所知这实乃罕事。一个奇特的细节是，他说自己被第一道水柱的冲击所惊醒，这让我们难以确定这清醒是梦的一部分，还是他旋即再次入睡，再次陷入同一场灾难。在这两种情形下，其后果都来自一场自然灾难，无关任何人为概念，就如无人眼观察下的一块水晶折射出的景象。梦者的恐惧之感诚然是人的反应，但动物也会感到同样的惊恐，这生理的惶恐十分接近于大地的震颤。

让我们细看这幅再现该梦境的速写，或毋宁说是水彩画。巨大的水柱仿如黑蓝色云堆，让今天的人不觉想到蘑菇云；且抛开这过于轻易的预设。肮脏的蓝色水柱从天垂直坠落，仿佛提前压垮了下面的风景；土地和四处漫溢的大水混成泥泞的褐色和浑浊的青绿；如果必须将此景与世上某处相提并论，这些稀疏的树木会让我们想到丢勒曾不止一次穿越的伦巴第平原，它们影影绰绰地立在这灾难的氛围中，但让人感觉是人工栽种或修剪而成。很远处，因距离而显得很小，乍看之下几乎不可见，有几座土褐色房屋挨挤在海湾边缘，似乎即将回归泥土。这即将毁灭的一切并不特别具有美感。

我再说一遍，页边没有添加宗教符号，没有表示上帝怒火的复仇天使；没有"下降之力"的炼金术标志，那在洪水的可怕引力面前毫无作用。也没有任何人文主义的沉思——关于面对狂暴宇宙时我们的全部所是和我们的微不足道——无论是米开朗基罗式充满悲剧感的沉思，还是普桑[1]式的忧郁沉思。然而除了这一点以外，即

1　尼古拉·普桑（Nicolas Poussin, 1594—1665），17 世纪法国巴洛克时期重要画家、古典主义绘画莫基人。

人文主义观念的最美好之处就在于，即便在梦里，即便身处焦虑，仍然有能力继续进行测算。

这次记叙结束于一句祷告用语[1]，由一个梦醒之人写下。它提醒我们——假若我们曾试图忘记的话——丢勒是基督徒，也可以说两次成为基督徒：一次是作为中世纪信仰的继承者和高明的诠释者，一次是作为一名在晚年迎接新教改革的纽伦堡市民。这句话可以有两种解释：或者解释为近乎机械性的赎罪表述，是一种或多或少的真诚的基于神善的乐观主义断言，与一个心不在焉的画十字手势一样不大具有结论性；或者相反，可解释为一种深思熟虑后对事物秩序的顺服，这是所有地域所有真正伟大的宗教心灵的特质，如马可·奥勒留接受宇宙的意志，老子认同空，孔子认同天。但这"相反"仍然是多余的。我们猜想，朴素的信念和非人格的信仰，在矛盾论无法侵入的人性深处的某个地方结合起来了。就其本义而言，这句基督教真言大概帮助了丢勒从那场可怕的梦中安然无恙地走出。

1977

1　指前文所引丢勒原文中的最后一句，"上帝令万事向善"。参见 p. 90。

VI

失败的高贵

VI

La noblesse de l'échec

作为英语世界伟大的和学家，伊凡·莫里斯[1]的声誉早已确立。他的著作《源氏公子[2]时代古代日本的宫廷生活》将社会学信息的精准与最完美的文学技法相结合；他对《源氏物语》作者的同代人、足堪与之媲美的女诗人清少纳言的评注版翻译，为我们几乎完整地还原了平安时代的雅致及其近乎印象主义的诗歌风格。《失败的高贵》是这位渊博学者的最后一部伟大作品，他的早逝是所有日本历史与文学爱好者的损失。

这部著作题献给三岛由纪夫，并部分受到这位奇特的大作家的启发。在该书前言里，伊凡·莫里斯告诉我们，三岛曾是他的友人，尽管两人观点常有分歧：三岛

1　伊凡·莫里斯（Ivan Morris，1925—1976），英国作家、翻译和编辑，日本研究专家。本文提到他的著作有《源氏公子时代古代日本的宫廷生活》［题目译自法文版，英文原版题为《光华公子的世界：古代日本的宫廷生活》（*The World of the Shining Prince：Court Life in Ancient Japan*，Alfred A. Knopf，1964）］，《失败的高贵：日本历史上的悲剧英雄》（*The Nobility of Failure：Tragic Heroes in the History of Japan*，1975）。
2　紫式部（10世纪）所著《源氏物语》里的主要人物。——原注

责备莫里斯过于关注辉煌的平安时代（公元 8 世纪—12世纪）——日本严酷的中世纪之前这迷人的美好时代，因而忽略了该族群在武士时代和内战时期的更加粗野的面向。三岛本人在其最后的四部曲长篇小说《丰饶之海》中，似乎意识到了这一双重性：四部曲中第一部的主人公，1910 年代的一位年轻的日本人，有着一位平安公子全部的精致细腻，以及对爱情与眼泪的兴味；第二部的背景设于 1932 年左右，其年轻的主人公与前部相反，是一名杀人又自杀的叛逆者，像旧时的武士那样思考和行动。在《失败的高贵》里，伊凡·莫里斯也十分关注大和魂中这些英勇狂暴的方面。

但相反和互补的方面从来不像人们以为的那样泾渭分明。伊凡·莫里斯为我们展示的被征服者和自杀者，无论是中世纪人还是准当代人，都以一个日本独有的特点而与他们在西方的同类区别开来：赴死之时对自然的诗意观望。无论是 4 世纪的忧郁王子日本武尊，还是1945 年的海军中将大西泷治郎，又或者 19 世纪被镇压的农民之首西乡隆盛，他们都怀着诗人的细腻情思死去。

噢，孤独的松柏

我的兄弟！

日本武尊临终前如此叹息，他被父皇遣至尚未臣服的地区，死于山脚下荒凉的平原，天皇以此经典手段摆脱了这个变得碍事的王子。对于政治家菅原道真（845—903），平安时代仁慈的政府满足于将其流放，但他最终满怀乡愁客死他乡，就如路易十四治下被逐出凡尔赛的朝臣那般凋零，他在悲痛中追忆自己被迫离开的园林草木：

东风若吹起，

庭香乘风来！

梅花纵失主，

幸勿忘春日

……

19 世纪，声名卓著的西乡隆盛策划农民起义失败，眼见灾难降临，即将切腹之时，转向他热爱的大自然：

西乡隆盛肖像画，意大利版画家爱德华多·吉奥索诺（Edoardo Chiossone）
作于 1878 年，现藏于鹿儿岛市立美术馆

我无惧冬天的寒冷，

只畏惧冰冷的人心。

我知道我的末日近了：

多么幸福，如龙田灿烂的落叶般死去

在被秋雨褪色之前！

20 世纪，年轻的神风特攻队飞行员也在返航无望的出发之前向生命作出了诗意的诀别。例如，1945 年这名 22 岁的飞行员：

唯愿我们

如樱花飘落，

如此纯洁，如此明亮……

广岛原子弹爆炸后不久，海军中将大西泷治郎，神风特攻队行动负责人，也切腹自杀[1]，并在数个小时的残酷痛苦后（他拒绝了传统的介错），在枕边留下最后的

---

1 "切腹"（seppuku）一词起源于中国，比 "腹切"（hara-kiri）更常用。——原注

诗句：

> 皎洁凉爽的明月照耀，
>
> 在狂风暴雨之后……

在这些出自同样背景的短诗里，《源氏物语》的精美细腻与武士道的英雄主义融为一体：生命转瞬即逝的悲剧感导向诗歌与牺牲。很难想象我们的罗伯斯庇尔或拿破仑，甚或第一次世界大战中的"王牌"军人，离开人世时会自比孤独的松柏或飘落的花朵。当然，这些绝望的辞世诗是日本的传统，因而也可以说是惯例。但如此顽强的惯例便是一种力量：他们的天人合一之感也许部分解释了这些行为暴烈之人何以能够如此令人惊叹地轻易赴死。

我们不必一一追随伊凡·莫里斯的记述，但至少让我们提炼出其主线。他起初的几位主人公俱是近乎传奇的年轻王子，受制于冷酷的父亲或作恶多端的叔父，令人不禁想到忧郁的哈姆雷特王子。之后，当皇权衰弱，取而代之的是准世袭的专制势力即幕府将军时，同样的冲突在变化了的环境中爆发。不幸的源义经，幕府大首领源赖朝之弟，在民心上赢了兄长——如果不是在历史上的话。当我们读到莫里斯从 12 世纪的史书里撷取的对他短暂一生的记叙时，不禁想到表现他悲剧传奇的能剧与歌舞伎。其中各种元素一应俱全：年轻英雄的辉煌胜利，他摧毁了敌部，让兄长大胜；新的幕府将军忌恨荣耀加身的胞弟，将他的头颅悬赏；反叛王子的逃亡，他扮成劝募僧侣，一路遭遇忠诚或背叛；最后，一个甘愿自由赴死之人的仪式性自杀。源义经有他的奥菲利亚，虽不比哈姆雷特的奥菲利亚那般疯狂：舞伎静御前，他的一位爱妾，其子被源赖朝遣人杀死，而她在产后被迫面对整个宫廷舞蹈；但这年轻女子单凭其美貌及仪态便使观众为流亡的王子洒下泪水。*到尼姑庵去吧！*[1] 奥菲利亚没有做到的，静御前做到了，她去一座佛教寺庙披上了尼姑的衣衫。

　　源义经也有他的霍拉旭，也是他的约翰修士和他的

1　原文为英文（*Go to a nunnery!*），出自《哈姆雷特》第三幕第一场，是哈姆雷特对奥菲利亚说的话。

桑丘·潘沙 [1]：武藏坊弁庆，身形巨大的武僧，被源义经在一场决斗中以扇子一击制服，随后渐渐跻身真正的英雄行列，以勇气或计谋护卫流亡的王子，最终在源义经避难的地堡门槛旁身中万箭站立而亡，好让主人从容自尽。按照莫里斯的说法，源义经如此动人的形象为实已朝此方向发展的日本心灵刻下了永恒的烙印。直到今天，"判官赑屃" [2]，即"同情判官"（源义经起初是其兄的判官），仍然意味着对失败者的哀悯和对失败事业的偏爱。

这类鸟瞰式日本史的一个好处是防止我们以自己的方式给另外一个世界的这些人贴上标签，无论是赞美的还是贬损的。无论怎样，从 15 世纪起，日本的末路英雄主要是武士，属于贫穷的贵族军人阶层，是在镰仓或江户幕府耀武扬威、有权有势的大名的附庸，天皇则沦为象征，继续在京都扮演着一个逾千年文明的大祭司和司

1　霍拉旭（Horatio），哈姆雷特的好友；约翰修士（frère Jean des Entommeures），拉伯雷《巨人传》中的人物，巨人高康大的朋友；桑丘·潘沙（Sancho Panza），塞万提斯小说《堂吉诃德》中的人物，堂吉诃德忠实的随从。
2　判官赑屃（hoganbiiki）是日语中的一句汉文熟语。"赑屃"原指中国的驮碑神兽，日语意为"偏爱"。此语意指人们同情失败者的心理现象。

仪的角色。这种对天皇的控制并无新意：早在平安时代，掌权的小团体就窃取一些闲职，在其集团内部找一名女子婚配给皇帝，随后协力迫其退位，留下一个襁褓中的孩子，这个孩子在漫长的摄政期后，到大约 30 岁时也会退位。反抗的"保皇派"武士们幻想着天皇隆恩直达民众，而不必经由幕府将军或大名，就像传说中神秘的上古时代。他们于幕府建制而言是"反动派"，也是与被压迫的民众共同战斗的"激进派"。

事实上，令人惊讶的是，日本式的优雅和安逸（就这点而言日本并不是唯一该担责的）几乎必然来自对饥馑的农民阶层的奴役。王公显要的巨额财富以千斗米计；原则上，每个农民可合法拥有几亩土地自用；实际上，就像一句辛酸的谚语所说，农民每月要为国家劳动 35 天，而且情况愈演愈烈。税收官吏的横征暴敛在作为宫廷文学的平安时代文学中几不可见：对于紫式部和清少纳言，民众只是仆人、轿夫、来宫廷内院干活的工匠，或路上远远瞥见的几个庄稼汉，在这后两种情况中，他们粗俗的说话和进食方式令人惊愕。从中世纪起即有大量对各种实物缴税方式的记载：斩首、钉十字架、施于交不起税的农民的可怖的"米诺之舞",即给他们套上浸过油的稻草斗篷,夜幕降临时点燃,于是惊跳抽搐的受害者从远处就清晰可见,给其他村子倔强的农民以儆效尤。在不好的年头,地方性的歉收演变成饥荒。18世纪,随着大商业的兴起和农民自愿或被迫大量涌入城市,局势越发严重。

这种情形一直延续到1868年幕府时代结束,并且以略微不同的形式,即产业文明的形式,一直进入20世纪中叶。1933年,前文提到的三岛由纪夫的一部小说中的主人公饭沼勋,对工业界人物发动刺杀,他认为这些人构成了尊敬的天皇和苦难的人民之间的隔阂。这个狂热的"法西斯"亲手杀死了一个金融家富翁,这是西方法西斯很少犯下的罪行,而其起因是1930年代的经济危机、通货膨胀、进口外国大米使小农破产,以及农民的女儿被卖到城里的妓院、年轻士兵被送到满洲里——为让家人摆脱多余的吃饭的嘴巴而高高兴兴送死——诸如此类可悲而平庸的故事[1]。

---

1 令人惊讶的是,20世纪另外两部最引人瞩目的小说——小林多喜二的《蟹工船》(1929)和深泽七郎的《楢山节考》(1956)都以悲惨和饥馑为主题。——原注

面对如此惯常的恶行，莫里斯叙及的武士以"拯救人民！"为座右铭，这不足为奇。所有武士都以英勇的失败告终。其中最非凡的莫过于天草四郎，这位皈依基督教的 16 岁年轻武士，于 1637 年举起饰有圣体标志的反抗旗帜，成为四万起义农民的首领。他被幕府军队追杀，最终与大约一万两千名同为基督徒的追随者退守日本最南端的原城旧垒；他们在那里坚守数月，直至全部被杀。这便是基督教在日升之国的历险的终局，失败的农民军为这令人难以置信的历险付出了惨重的代价。此后，农民阶级的首领都是有文化的武士，深受新儒家的熏陶，认同知行合一，像欧洲的沉默者威廉[1]一样认为"不必希望亦可付诸行动"。大盐平八郎卖掉了他的五万卷藏书赈济饥民，并最终于 1837 年成为起义首领，焚烧了大阪商人的仓库——他有充分理由认为他们是人民的剥削者。他的追随者遭到残酷镇压之后，他带着儿子一同自尽。

---

1 沉默者威廉，即威廉·冯·奥伦治（Willem van Oranje, 1533—1584），也即威廉一世，尼德兰革命中的政治活动家，荷兰共和国首任执政，荷兰"国父"。因一次听西班牙国王菲利普二世讲述把新教徒赶出尼德兰的计划时，大感震惊，闭口不言，被称为"沉默者"。

20 年后，在海军准将佩里迫使日本"开放"后，幕府垮台，"保皇派"拥护天皇离开京都至东京恢复王政，但农民的苦难并未就此减轻。魁伟的西乡隆盛，托尔斯泰式的人物，因反抗而被贬职至一个环境恶劣的岛上，竭力与甘蔗园的工作条件作斗争，并在一段时间内成为明治天皇新政府的一员，但他发现改变的只是人，恶习依旧，于是辞职而去。1877 年，这位即使在皇宫里也赤足行走、"因无需以此为生"而拒领俸禄的巨人，从他作为有文化的乡下人的自愿放逐中走出，起而反抗他参与建立的政权的腐败。他的两万五千人的队伍被官军击溃，他则效法大盐平八郎切腹自尽。有人呼他为"右翼分子"，认为他是尊王倒幕的支持者，其队伍以皇室菊花纹章为标志。有人则宣称他是"左派分子"，说他"准备杀光东京的警察"，并将旧日同僚视为"地球上最糟"的罪犯。事实上，他非左非右，亦左亦右。像大盐平八郎一样，他的反叛首先是哲学的和道德的。"敬天；爱人"，他说。对他而言，人指的是贫苦人。"文明是正义的守护者"，很多空洞的理想主义者都抛出过类似的口号。而大盐平八郎和西乡隆盛用他们的鲜血为之背书。

在有关神风特攻队的章节里,莫里斯的作品呈现出一个新的维度。与理查德·迈尼尔令人瞩目的研究东京战争审判的作品《胜者的正义》[1]一道,莫里斯的书,就我所知,提供了唯一一幅从双方视角观察太平洋战争及其后果的画面。至少在广岛事件之前,这场战争发生在美国尚问心无愧的年代。对珍珠港的偷袭确实令人愤慨,但没人想要为这广阔区域持续一个多世纪的一系列阴谋、角力、白种人或黄种人的入侵分担责任。战俘在日本战俘营里遭受的虐待当然令人发指,但没有人知道战俘身份在日本传统中是不光彩的,每个人都宁愿去死也不愿被俘,这就解释了——而非为之开脱——日本人何以残暴对待敌方俘虏。美国海军陆战队的英勇得到颂扬,这是理所应当的,但还需要莫里斯的书才能让许多美国读者了解到,一支惯于征服的军队和此前从未被侵略过的国民是如何在失败中走向极端的英雄主义。在从阿留申群岛到瓜达尔卡纳尔岛的这些集体自杀中,也许没有比

<hr>

1 理查德·迈尼尔(Richard H. Minear,1938—),美国马萨诸塞大学阿默斯特分校前历史学教授。"胜者的正义"这一说法最早出于甲级战犯、日本前首相东条英机在上绞架前对东京审判的评语。迈尼尔以此为题的著作《胜者的正义:东京战争罪行审判》(*Victor's Justice: The Tokyo War Crimes Trial*, Princeton University Press, 1971)从国际法、法庭程序规则、历史及社会效应等各方面对东京审判进行阐述,产生了很大影响和争议。

在塞班岛的更耸人听闻的了：在那里，三千人以刺刀和木棍为武器冲向敌人的炮火；缠着绷带的伤兵从医院出来，被搀扶着加入这凄惨的进攻；被包围的士兵拒绝投降，成排跪下等待被他们自己的军官斩首，军官随后切腹自杀；平民一家家全体跳崖，以致三天前还住满岛屿的三万两千人之中，最多只剩千把人——包括极少数士兵——活了下来。

对普通美国人而言，神风特攻队的事迹就是在这种信息不完整的背景下勾勒出来的；其荒谬被特别突出。我们应在莫里斯的书里跟踪这数千名年轻志愿者的历险，他们大多是大学生，其中最多只有几十人出于偶然或某次意料之外的抗命而耻辱地幸存下来。神风特攻队令人迷惑之处即在于此，即选择预先精心设计的死亡，尽管完全无效——或许正因其无效。只有几个很小的美军单位被自杀式飞机击沉。强大的装甲军舰几乎完好无损，即使最糟的情况也在几天后即被修复；警报解除后，海军陆战队员们用大水冲刷甲板上化为模糊血肉的"纯洁的樱花"。有时炸弹并未爆炸，或被拦击下来的飞机在目标舰几米开外爆炸。"前进，在失败中前进，永远前进!": 古老的武士道精神在此迸发出最后的火花, 至少直到今天, 因为如果说预测明天还不算不谨慎的话, 预测后天则肯定是不谨慎的。这火花在灰烬下继续燃烧, 证据是三岛由纪夫警诫性和抗议性的自杀, 其最微小的细节都经过策划和预计, 以及更晚近的一位我一时想不起名字的年轻演员的自杀, 他采用了神风特攻队的手段, 驾飞机撞向一个卷入洛克希德丑闻[1]的人的住所, 坠毁在屋顶。自然, 面对这数千名为一项已告失败的事业赴死之人, 我们无法不追问, 如果他们活下去是否会起到更大的作用, 是否会使日本免于轻而易举接受外来枷锁——这个时期如此迅速地接替了战争的狂热, 是否会免于与那些战略家同样贪婪、同样短视的产业帝国主义及其污染造成的后果——它或许永远玷污了这个直到那时仍以自然的纯洁与神圣为精髓的国家。我们可以就此追问。暴力英雄并不总是和平英雄。

只有一点我们可与莫里斯商榷。他偏爱的论点是, 敬爱死于落败事业的失败者, 这全然是日本的特征, 而

----

1 洛克希德公司（Lockheed Corporation）, 现为洛克希德·马丁公司, 一家创建于1912年的美国航空航天制造商。1976年因贿赂日本首相田中角荣采购P-3反潜机引发政治丑闻。

我们西方无此先例，因为按照他的说法，我们唯一尊崇的失败者是那些起码其事业最终取得成功的人。而在我看来，与此相反，对无望之事的热爱，对为之赴死者的尊敬，存在于所有国度、所有时代。很少有比戈登[1]在喀土穆的征战更加荒唐的了，但戈登成了19世纪英格兰历史上的一个伟大人物。拉·罗什雅克兰[2]和巴尔扎克的《舒昂党人》里的"加尔"[3] 当然是失败者，其事业亦然，除非我们将路易十八和查理十世数年的统治视为胜利：但他们仍然强烈地激发我们的想象。吉伦特派和热月九日的断头者也是如此，我们不能说他们的政治观点取胜了，但他们仍然成为大革命的伟大神话。滑铁卢和圣赫勒拿岛很可能比瓦格拉姆更使拿破仑成为19世纪诗人钟爱的主题。我曾讲述了一位罗马皇帝的故事，我借他之口说，总会有那样一个时刻，"生活对每个人而言意味着

1　查理·乔治·戈登（Charles George Gordon, 1833—1885），英国陆军少将，曾在中国协助淮军与太平军作战，后调任苏丹总督，任内于马赫迪战争中率领埃及军队around卫喀土穆，被苏丹军队攻陷而遭杀害。
2　亨利·德·拉·罗什雅克兰（Henri de la Rochejaquelein, 1772—1794），法国大革命期间保皇派旺代起义中最年轻的将军，被共和军杀死。
3　《舒昂党人》（Les Chouans），又译《朱安党人》，是巴尔扎克于1829年完成的长篇小说，描写法国大革命期间在布列塔尼由保皇派舒昂党人发动的反对法兰西第一共和国的起义。"加尔"（Gars）是小说中舒昂党人首领的绰号，约为"好汉"之意。

接受失败"。我们深知此点，这使我们赞赏那些自觉选择失败，并有时早早承担失败的人。我们每个人心灵深处都存有一个"同情判官"的角落。

1980

VII

毛皮兽

VII

Bêtes à fourrure

我被邀请参与撰写一部文集，题为《愤怒的女人》。我不喜欢这个题目：我赞成愤慨，如今有太多场合令人愤慨，但我不能说我赞成愤怒，这个体的小小泛滥，令人失格、气急和盲目。我也不喜欢这部文集完全由女作家完成。不要再把女性隔离在女士车厢里了。

但我之所以写下这几行文字，是因为我想，无论对错，一本由女人写的书会被女人阅读[1]，而此处读者将读到的抗议主要是针对女人的。有时，最经常是在牙医或医生的候诊室里，我会翻阅女性时尚杂志，特别是那种印在亮光纸上的所谓奢华杂志，我翻得很快，尽量不看面前肆意铺陈着彩印诱惑的整页广告，就好像那是色情摄影。在这些广告上，女人们裹在奢侈的皮草大衣里招摇。这些年轻女子，但凡具有双重视觉的眼睛都可以

1　此文从未发表过。这是第一次发表。——原注

看到她们身上滴着血，她们身穿那些生灵的尸骸，这些生灵也曾呼吸、进食、睡眠、求偶，爱自己的幼崽，有时为保护幼崽而死，它们像维庸[1]会说的那样，"死于痛苦"，亦即痛苦地死去，就像我们每个人的结局，但它们死于我们残暴地强加于它们的死亡。

更糟的是，供应这些皮毛的动物，其物种早于我们数千年，却将在这些身穿它们的可人儿长出皱纹之前就灭绝并消失，如果我们不采取行动的话。在不到一代人的时间里，这些"高档物品"，如人所说，亦如人本不该这么说的，其原材料将不仅是"买不到"或"买不起"，它们将消失不再。对于我们所有为试图拯救世界的多样性和美丽而付出精力和金钱（但这两者永远不够）的人来说，这类杀戮令人厌恶。但我并非不知道这些年轻女子是模特：她们用这些皮毛装饰自己，因为这是她们的职业，正如在其他地方她们用胸罩和丁字裤装饰自己，后者为致敬一次原子弹爆炸而得名比基尼（又一个愉快的联想）[2]。

1　弗朗索瓦·维庸（François Villon，1431—1474），法国中世纪诗人，主要作品有《小遗言集》和《大遗言集》。"死于痛苦"一语化用自维庸诗作《遗言》。
2　比基尼原是太平洋马绍尔群岛附近的一个岛屿，1946年美国在比基尼岛上进行了核试验。不久法国人路易·里尔德在巴黎推出了一款暴露式泳衣，以"比基尼"命名，表示其引发的震撼效果类似核爆。

这些应职业要求行事的姑娘们尽管无辜（但她们大约很希望这些昂贵的大衣属于她们），却仍代表着一众女性：她们有的用眼睛贪噬这些图像，梦想着她们难以企及的奢侈；有的拥有这些尸骸并以之炫耀，用来证明其财富或社会地位、其性的成功或事业的成功，又或者将之作为一件配饰，借之使自己更美或更有魅力。

最后，让我们从这些女士身上扯下她们最后的遮羞布吧。如今，即使她们生活在格陵兰而不是巴黎，也不需要用这些皮草来保暖。有足够多的优质羊毛、优质纤维、保暖或发热的衣服，她们大可不必把自己变成毛皮动物，像可笑的史前怪兽那样。

可我竟在指责女人：设陷的是男人，捕猎的是男人，皮草商也是男人。在一个浑身支棱着兽毛的女人陪伴下得意洋洋走进餐厅的是个彻头彻尾的男人，尽管他未见得是个智人（*homo sapiens*）。在这个领域和在许多其他领域一样，两性是平等的。

1976

VIII

镜戏与鬼火

VIII

Jeux de miroirs et feux follets

你以为在做梦，而你在回忆……

巴什拉 [1]

……对此心灵而言，世间万物俱为现象或征兆。

M. Y. [2]

1649 年，一个农民在巴约勒因一起巫术案被判处死刑，其审判书的下方有我两位先人的签名。这份文件夹在一捆捆记载着或多或少类似案件的卷宗里，一直传到我们手中，这多亏有人制作了一份副本——在这座小城从 16 和 17 世纪的火灾中幸存下来的档案又在我们时代的战火中灰飞烟灭之前。我是几个月前为我正在写作的一本书作研究时才获知此份记录的存在。但是，大约在

---

1 加斯东·巴什拉（Gaston Bachelard, 1884—1962），法国哲学家。
2 指尤瑟纳尔。

1937 年，当时我仍然在思索那部半途而废的、后来成为《苦炼》的作品，我手拿铅笔，碰巧在翻阅一部介绍旧制度下司法史的书。一条不完整的笔记告诉我，我曾经找到，或认为自己曾经找到，对更晚的另一桩事件的记叙：18 世纪初，克央古尔[1]的采买人米歇尔-伊尼亚斯·克林维克在巴约勒法官任上时，据说因某件不明不白的恶行审判了一名与波西米亚人厮混的神学院学生。

我那条未完成的笔记上没有注明标题和作者，我也忘记了。彼时我读的那本书已经连同我拥有的许多其他书籍一起消失在 1939—1945 年年间的混乱中了。之后我迫使自己读了很多出版于该时代之前的有关旧日法庭的书，但从未找到这些我印象中位于页面左下方的文字。我最终怀疑是自己杜撰了这些文字和这一事件本身，或至少是把我的先祖米歇尔-伊尼亚斯的名字附会到了某个与一位匿名的或另有其名的法官有关的文本上。这整件事就像泽农这个名字一样，在旧佛兰德斯地区相当普遍，我还记得大约 20 岁时读到过这个名字，在我那时收到的

---

1 克央古尔（Crayencour）是尤瑟纳尔原本的姓氏；她将字母顺序打乱、重新排列而创尤瑟纳尔（Yourcenar）之姓。

一份家族族谱的草稿里。在后来的一段时间，族谱出版了，但泽农的名字已不在其中。

无论是读到过还是梦到过，总之这些信息在我构思《苦炼》时发挥了作用。我立即采用了泽农这个名字，我喜欢它，因为在信仰的年代，这个名字在该地区很常见，用来纪念维罗纳的一位圣人主教[1]，但它也是两位古代哲学家的名字，一个是那位机敏的埃利亚人，据说他是被一名暴君处死的，另一个则是那位简朴的斯多葛主义者，他似乎是自杀身亡，正如他的教派中常有的那样[2]。与波西米亚人厮混这件事仍然出现在我在 1965 年拟定的一份清单上，我在《苦炼》的写作接近尾声时在上面列举了一些可以用于最后几章的元素。我最终没有使用这些元素。

我的记忆通常十分忠实。说记忆与想象相互滋养，这是停留于泛泛而谈。如果有过记忆，如果这些讯息保

---

[1] 指维罗纳的芝诺（Zénon de Vérone，约 300—371/380），曾是意大利城市维罗纳的主教。
[2] 这里的两个芝诺，一个指埃利亚的芝诺（约前 490—前 425），出生于意大利半岛南部的埃利亚，是古希腊数学家、哲学家，以芝诺悖论著称。另一位芝诺（约前 334—前 262），出生于塞浦路斯岛的季蒂昂（Citium），是古希腊哲学家，创立了斯多葛学派。《苦炼》的主人公亦名"芝诺"（Zénon），中文通译为"泽农"。

存在一份档案文件里，我迟早有一天会找到它们，还要知道为什么它们立即作为生动而易于吸纳的观念被我接受，令我念念难忘。而如果有过虚构，则要解释为什么我建构出这些幻影，而且恰好是这些。

在想象或记忆中（二者之一或二者兼有）保存着一个相当于现实的空心模具的影像，而这现实也许并非现实，这很奇特。同样特别的是，我们看到故事在事后前来与我们相遇，而我们所创造的人或事成为现实，这也时有发生。1964 年，我在中欧逗留期间写作《苦炼》的第三部分时，在萨尔茨堡圣方济各教堂里，脑海中浮现出此前未曾构想的修道院院长这个人物，引入这个人物部分改变了作品的方向和意义。我需要给这位高洁之士取个姓名。我选了贝尔莱蒙作为姓氏，这个姓氏来自一个有名的家族，其中数人在 16 世纪的荷兰扮演了相当重要的角色；名字则采用了让-路易，其简洁很符合修道院院长的身份。选择此姓名很大程度上是因其法语音韵：在我的弗拉芒人物的喧嚣当中，我一定要在让-路易·德·贝尔莱蒙这位查理五世前朝臣的身上体现出国际文化视野，其优美的法语"让泽农的耳朵在弗拉芒语的嘈杂中获得休憩"。

在小说叙述过程中，成为鳏夫后加入修会的隐修院长忧郁地提及他的儿子，阿尔巴公爵的年轻军官、好战者，院长这位和平人士从他身上感到自己隐秘地"与恶相连"。几章之后，我的叙事进程让我在公爵身边遇到了这位年轻的贝尔莱蒙，他是如此缺乏父亲的灵修精神，一边就着他的东道主、富有的利格尔一家的银餐具狼吞虎咽，一边毫无顾忌地就军队的财政困难对他们发表见解。这个有点蠢的英俊小伙需要一个名字：我决定用朗斯洛[1]，这个名字在那个时代有人用，但并不常见，很能让人联想到中世纪人为延长的诗意氛围，想到骑士比武、修道院和骑士小说，以及披甲的战马和耀武扬威的铠甲，未来的修道院院长、年轻的让-路易·德·贝尔莱蒙在年轻的查理五世的宫廷里就投身于这样的氛围，在他的儿子出生之时。

1971 年，《苦炼》出版三年之后，我第二次前往参观那慕尔附近的一处景点，我的母亲曾在那里度过童年，我想去仔细看看该市的考古博物馆，它在我前一次来访

---

1 朗斯洛（Lancelot），亚瑟王传说中圆桌骑士团的成员之一。

时正在重新布置，我只看到了转移到另一处的几个展柜里的比利时—罗马饰品。博物馆如今所在的古老公馆看上去很不错。在楼梯间，我碰到一块墓石。标牌告诉我它来自那慕尔的小兄弟会（即方济各会）教堂，即今天的圣母院。纹章下陈列着以下文字：

此处安息

朗斯洛·德·贝尔莱蒙大人

梅格姆伯爵，博兰男爵，

多里蒙、阿日蒙、哈登、德佩勒切格领主，查尔蒙总督

陛下

之四十人军士长

高德意志军团上校

卒于 1578 年 6 月 11 日

不仅仅是姓与名与我的人物"贴合"，在军队的官阶和日期也符合。高德意志军团的一名上校，在 1578 年死于那慕尔围城，约与奥地利的唐·胡安同时，十年前他完全可能甚至肯定是阿尔巴公爵的一名年轻副官。我感

到自己亲手塑造的面具突然充满了活生生的内容[1]。

我指出前述事实，并非有意证明什么，而若必须确定它们也许能够证明什么，我会十分尴尬。在单纯理智的层面，很容易解释和清除它们。很自然，在我们读过的数以千计的书页中，我们的记忆不再确定是否如实记得其中特定的几行文字，或者相反，这些文字被我们的想象所改变，抑或，更好地，被想象力所创造，正如想象力之所为，即把从别处得到的细节和姓名加以组合。同样不那么稀奇的是，为使一个想象的人物尽量可信而进行的一些非常精确的历史和文学的盘算，最终却仿佛与一名存在过的人物重合。那些隐秘推力的数量和强度始终令人遐想，它们就这样将我们引向这个名字、这件事、这个人物，而非其他。在此我们进入了没有路径的密林。

*

在另一种更不确定的形式下，我再次发现了这些偶

---

1 但仍需加一条注释。十年之后，我在父亲的藏书里找到一部 16 世纪的编年史，其中有一个朗斯洛·德·贝尔莱蒙的名字。我有可能在 15 到 20 岁之间读过或翻阅过这本书，多年之后才重新记起。——原注

然性和想象力的游戏，那是我在为另一本书做准备工作时——那本书至今停留在草稿状态，或不如说甚至是构思的状态。在《哈德良回忆录》和《苦炼》的出版之间，我多多少少开始着手准备一部我暂题为"三位伊丽莎白"的作品。此书主要部分有关匈牙利的圣伊丽莎白[1]，圣人历上最为感人的圣徒之一。对她的研究使我们在各个方向上走得很远，深入一些幽暗的问题——例如天选的问题，这个小女孩从童年即被选中，离开残酷的皇室环境；围绕着圣徒的误解与仇恨的问题，从伊丽莎白夫家的敌意直至群氓的嘲讽，他们看着这位从前锦袖飘逸的优雅的年轻女子走街串巷，衣衫褴褛，一心关爱穷人，以及她的忏悔神父的愚钝的冷酷，让她的一部分死去，而她似乎渐渐学会了判断；情欲与神性之间难于达到、更难于表达的和谐问题，而这位年轻的圣女从祷告会一出来就"笑着投向"在床上等她的年轻英俊的丈夫怀中，立时解决了这个问题；诗歌与神秘禀赋之关联的问题，

---

1 匈牙利的圣伊丽莎白（Sainte Élisabeth de Hongrie, 1207—1231），也称圣丽莎，匈牙利国王安德烈二世之女、图林根领地伯爵路易四世之妻。她14岁结婚，20岁守寡，随后建立了一间医院，亲自为患者和穷人服务。她24岁死后成为基督教慈善事业的象征，于1235年被封圣。

这在这个孩子的身上是如此明显，她的诞生被天上的星辰宣告给恋歌诗人，她24岁上在11月的一天死去，听着一只平凡而美妙的小鸟在她的窗棂歌唱；以及最后，不是问题，而是神秘与深渊，那始终敞开、光芒四射的慈善之渊。

我也关注这位最为率直的圣女与其时代的国家和教会之间的关系，关注围绕着她的某些或光明或阴暗的存在，其数量几乎与圣女贞德这另一位纯洁女子四周的同样多。亚西西的方济各的天使之火，其楷模与宣教启发了她，而她从未在人生道路上与之相遇；康拉德·冯·马尔堡[1]的黑暗权威，这裁判所法官用他的皮鞭撕裂了他的女忏悔者细嫩的皮肤，在她身上投下异教审判和火刑架的影子，无论她知情和同意与否；腓特烈二世冰冷的威望，这位皇帝险些娶了这位年轻而虔诚的亲戚，而如果此事成真的话，大约会将她打发到他那"蛾摩拉的后宫"，就像他对他的其他妻妾那样，这位不信神的君主，后来更多出于政治的而非宗教的目的为她封圣。这

---

1 康拉德·冯·马尔堡（Konrad von Marburg, 1180—1233），中世纪德国牧师和贵族，是匈牙利的圣伊丽莎白的神修导师，以残酷镇压异教徒闻名。

些将一个人与其时代联系起来的纽带，这个世纪投射于其身的这些污点或光亮，以及有时将其从中解脱出来的天才或神圣的秘密力量，所有这一切本可在伊丽莎白四周合奏成一曲精神交响乐，就如圣伯尔纳铎[1]会说的那样，其中却不乏不和谐音。

三位伊丽莎白……作为对圣女的衬托，或至少是对照，我会安排另外两位女性，她们出生在别的时代，但属于同样的中欧地区，或多或少处在封建制或君主制的顶端，也许因复杂的联姻游戏而拥有一滴同样的血脉。其中一位会是奥地利的伊丽莎白[2]，这位令世纪初的诗人们赞不绝口、也许过度颂扬的皇后，忧伤、骄傲与美丽的幽灵，却似乎被一种忧郁的自恋终生幽闭在黯淡的镜廊，如此隔绝于世界和人生，以至于她甚至未曾意识到刺客卢切尼正置自己于死地。对于这位女神，我们缺少那面仅能用以揣测她漫长独白的镜子，但至少在她出殡之日放在她灵柩上的那两件物品适合作为她的象征物，

---

1 格莱福的圣伯尔纳铎（St. Bernard de Clairvaux，1090—1153），天主教熙笃会隐修士，格莱福隐修院创院院长，修道改革运动领袖，被尊为中世纪神秘主义之父，也是出色的灵修文学作家。
2 奥地利的伊丽莎白（Elisabeth d'Autriche，1837—1898），昵称"茜茜"（Sisi），奥地利帝国皇帝约瑟夫一世的妻子，奥地利皇后和匈牙利王后，1898 年在日内瓦被意大利无政府主义者路易吉·卢切尼（Luigi Lucheni）刺杀。

即她的马鞭和她用来拦截窥探目光的扇子。它们永远陪着她，就像永远陪着圣女伊丽莎白的破旧衣衫和玫瑰花束。另一位伊丽莎白差不多与莎士比亚笔下的女子同时代，似乎也满载着人之为人所能承载的黑暗，那会是伊丽莎白·巴托里[1]，少些敏感细腻的吉尔·德·雷[2]之流的人物，仿佛在罪恶中直抵愚蠢。这三位女性也许标志着通向救赎或沉沦的道路，抑或既不通向救赎亦不通向沉沦的歧路，只通向诗歌与梦想之消亡。

匈牙利的伊丽莎白的灵启者是亚西西的方济各；奥地利的伊丽莎白则受到海因里希·海涅[3]的启迪。看起来，正如吉尔·德·雷这位大领主因与一个可疑的巫师过从甚密而越发精神错乱，伊丽莎白·巴托里沉溺于村中女巫的巫术活动，因而加速了她彻底的崩溃，我们大致可以按照汉斯·巴尔东[4]笔下可憎的女巫形象去想象

---

1 伊丽莎白·巴托里（Élizabeth Báthory，1560—1614），匈牙利的伯爵夫人，来自著名的巴托里家族，是一名连环杀手，被称为"血腥伯爵夫人""女德古拉伯爵"等。
2 吉尔·德·雷（Gilles de Rais，1404—1440），英法百年战争时期的法国元帅，拉瓦尔男爵，也是著名的黑巫术师（许多儿童被他折磨至死），后被处死。
3 海因里希·海涅（Heinri Heine，1797—1856），19世纪最重要的德国诗人之一。伊丽莎白皇后对他十分敬仰。
4 汉斯·巴尔东（Hans Baldung，1484—1545），或称汉斯·巴尔东·格里恩（Hans Baldung Grien），文艺复兴时期欧洲艺术家，有大量表现巫术的作品。

这些女巫。这些老妪也为她充当皮条客和刽子手的助手，她们帮女主人乞灵于一个魔鬼，即猫的主宰伊斯坦[1]，这是一个护符，可召唤80只地狱之猫前来啃噬敌人的心脏，伊丽莎白将之戴在颈上。所有的巫术护符一向如此，我们明知其主人会反受其害。伊丽莎白将之遗失了，她让人做的一个拙劣的赝品成为不利于她的铁证。

这个恶女人被判幽禁在她已空无一人的城堡的一个房间里度过余生，但立时便有村里的牧师（巴托里家族的这一支信奉路德教）从城堡的陡坡爬上去，在上升的砖墙前祷告。女囚没有给他好脸色，他还被一群往他头上乱跳的疯猫所惊扰。爬到上层后，他和他的执事除了空荡荡的房间外一无所见。至死不曾忏悔的伊丽莎白在这间屋子里度过的三年间，有时是否会听到猫在荒芜的楼层和庭院里的跳跃和叫声呢？人们一无所知，因为没有人再知道她的任何事，除了一个村民每天带着钥匙和食篮登上城堡——城堡四角飘着黑旗，表示死刑判决正在其中完成——他逐个打开门，进入塔楼的楼梯，从一

---

1 伊斯坦（Isten）在匈牙利语里意为神。以此可知伊丽莎白·巴托里在召唤一个猫神，或更准确地说在神的身上树立起被女巫尊崇的撒旦形象，用中世纪常见的动物的象征。——原注

个窗口把食物递给女囚。一个充满人性的动人细节：她抱怨起初的食物只有面包和水。这杀人犯的一个女婿出了点钱，让她获得烹饪过的食物，一直到死。这个犯下了数百起虐杀案的女人显然在日常生活中是位相当和善的岳母，使她的一个女婿对她起了怜悯。

在此过程中，我的写作计划的题目发生了改变：《伊丽莎白或慈善》(*Élisabeth ou la Charité*)。我意识到，那才是中心问题或主要的火花，忧郁的伊丽莎白或血腥的伊丽莎白至多只会占据我作品中几个最为幽暗的角落。之后，我更看重的一些其他创作阻碍了这部作品的写作；先是《苦炼》，随后是《虔诚的回忆》及其姊妹篇、此时我正在写作的《北方档案》。《伊丽莎白或慈善》大概仍将是另外六七部作品中的一部，我们常常念及它们，但也许不会有时间和精力写作，甚或，当机缘来临时，写作的意愿却消失了。还有那么多事要做，最紧要的未必是书。

但我仍然很关注这一主题，因此我想把这三位女性生活过的一些地方纳入1964年去中欧的一次旅程。我乘坐巴托里号轮船去了欧洲，这算不上一个巧合：这是唯

——班直达斯堪的纳维亚和波兰的轮船，其名字源于了不起的波兰国王斯特凡·巴托里，而不是那位文艺复兴时代的伊尔斯·科赫[1]。我不得不放弃部分与这三位女性有关的行程；时间匮乏，签证繁琐，特别是还有其他一些要事。但在萨尔茨堡，我还是特地再次去往美丽的海尔布伦宫观看奥地利的伊丽莎白皇后的白色雕像，但令我羁留的主要是帕拉塞尔苏斯[2]的回忆，以及一家古老店铺挡雨披檐下的小石凳——我曾让刚刚冒雪穿越山口、精疲力竭的泽农坐在那里——还有我在前面提到的在方济各教堂里的沉思默想。所有这一切都隐隐伴随着莫扎特的音乐，否则便无法想象萨尔茨堡。在维也纳，一名女出租车司机把我当成游客，胡乱指称广场和公园里看到的或美或丑的雕像：按她的说法，奥地利的伊丽莎白雕像表现的是玛丽亚·特蕾西亚，丈夫是约瑟夫二世。当我表示怀疑时，她气红了脸。我由此得出结论，奥地利的小学历史教育还不如我们。在布拉迪斯拉发，

1　伊尔斯·科赫（Ilse Koch，1906—1967），恶名昭彰的女纳粹分子，是纳粹指挥官卡尔-奥托·科赫的妻子，担任布痕瓦尔德集中营看守期间以虐杀犹太人和战俘取乐。此处"文艺复兴时代的伊尔斯·科赫"指伊丽莎白·巴托里。
2　帕拉塞尔苏斯（Paracelse，1493—1541），瑞士医生、炼金术士和占星师，他将医学跟炼金术结合而首创化学药理，奠定了医疗化学的基础。

即普莱斯堡，我特意前去端详城市高处厚重的巴洛克城堡，它已取代圣伊丽莎白出生的中世纪堡垒。我也找不到那座灰色的贵族老城了，我让《阿历克西，或徒劳之战的条约》的主要人物在那里度过了数季。不曾改变的只有多瑙河湍急的流水，然而仍比 13 甚至 20 世纪初多出了许多堤坝，污染也更加严重。

在斯洛伐克，距皮耶什佳尼不远处，我去看杀人狂伊丽莎白住过的城堡——她在那里犯下恶罪，并傲慢地忍受惩罚，直至 1614 年在一个暴风雨夜孤独死去，"没有光明，也没有十字架"。从村庄到城堡的坡道很陡。这里笼罩着的是废墟的孤独，而不再是一个废弃的巨大住所的孤独。墙脚有一个小小的菜园，大约是当时不在的看门人的产业，刚开始从土里泛出绿色。很可能就在这个菜园里，被匆忙埋在松软泥土下的伊丽莎白的受害者的遗骸曾被野狗翻掘出来。在这暖和的 5 月清晨，酢浆草和莴笋在此安放它们几乎神圣的洁净。

穿过暗门，一切已不复存在，除了空无一物的高高城堡，光秃秃的空间，空荡荡的庭院，被时光磨出缺口的幕墙上覆满了爬藤。我走近一堵矮墙。它并不朝向令人晕眩的浪漫深渊，而是朝向村庄及其倾斜的房顶，几乎是意大利式的明媚平原，隐现着喀尔巴阡山脉最后的山麓，陡峭黝黑的山丘上长满冷杉，好像阿尔特多费尔[1]的风景画。有什么东西在动。一只大黑猫咒骂着从树枝下面跑出来，跃过庭院，消失在沟壑的另一边。

我不至妄称这只猫服侍过魔鬼伊斯坦。这大概是看门人的猫，在这个季节被树叶下某个鸟巢里新出生的小鸟所吸引。但仍然，在我参观过的大约十几处封建城堡废墟当中，巴托里城堡是唯一一处，我甫一走进就看到一只黑猫——当地的主子——纵身一跳便消失不见。

第二个小巧合更加奇特，尽管其背景颇为寻常。回到我在缅因州居住的岛后，我去了一趟藏书相当丰富的班戈公共图书馆——班戈位于陆地，距我的住地大约80公里。我很少去班戈，这个无甚魅力的粗鄙小城已取代了平原上巨大的橡树林，尚普兰[2]曾在那里冒险会见印第安头领，而几乎在同一时期，司法的黑旗飘扬在巴托

---

1 阿尔布雷希特·阿尔特多费尔（Albrecht Altdorfer，约 1480—1538），德国画家、版画家、建筑师，文艺复兴时期多瑙河画派的主要代表人物。
2 萨缪尔·德·尚普兰（Samuel de Champlain，1567—1635），法国探险家、地理学家，魁北克城的建立者。

里城堡上空。我更少去这座城市的公共图书馆，因为附近一所神学院就有一个图书馆，藏书没有那么丰富，但都经过精心挑选，而且有一间雅致的阅览室诱人前往。这天，我走向那高高的柜台，好把我已不记得是什么书名的索书单放进相应的盒子里。一本读者已归还但馆员尚未归位的书就躺在柜台上，大敞着。我瞥了一眼，就像我总是会看一眼所有视线可及的印刷文本。这是据我所知唯一提及伊丽莎白·巴托里的英文作品，威廉·西布鲁克[1]的一本随笔集。他写得很好，在其中杂七杂八地列举了十几起真真假假的罪案和黑魔法故事。其中只有几段与这名女巫有关：书就打开在这一页。

我远不至于妄称就在那天或那之前几天，有个邪灵从斯洛伐克赶来，让一名常常光顾班戈图书馆的读者从几十万本藏书中选了这一本，然后将之归还，打开在这一页，就在我到达的前一刻。正如或多或少触及的未知领域的一切，这微弱的信号，假设这是一个信号的话，毫无用处，乃至荒唐可笑。根本不需要什么暗黑力量介

---

1 威廉·布勒·西布鲁克（William Buehler Seabrook, 1884—1945），美国神秘主义者、探险家、旅行者和新闻记者。

入，将一部我在其20年前出版之时即翻阅过的平庸之作放在我眼前。但与此同时，为进行必要的概率运算以得出这极微的偶然性，须要后面带有一整串零的数字进行推演。在这些时候，一切就好像我们周围的世界处于一个单一的磁场，或其各个部分都由性能良好的金属导体构成。仔细想来，这大约就是中国占筮宇宙的结构，就如荣格在为《易经》撰写的序中所阐释的那样。

人们会注意到，这些细小的偶然都聚集于我的三个人物原型中最邪恶的那个。匈牙利的伊丽莎白和奥地利的伊丽莎白都没有发出信号——除非以此解读那位易怒的维也纳女出租车司机带来的小插曲，从中看出已半湮没于遗忘中的影子的求救信号。圣女和皇后显然比女巫更为矜持。但对于奥地利的伊丽莎白而言，生命之流的经过要早得多。从前我在科孚岛见过一个年迈的马耳他车夫，他年轻时曾是皇后的马车夫。我并不很欣赏阿喀琉斯宫的各色玩意，不过伊丽莎白皇后对阿喀琉斯的热烈崇拜穿越许多世纪，奇特地呼应着以《黑海巡航记》传世的阿利安写给哈德良的书简，但那时我尚未读过。我不是很喜欢这位为保持健康而每天早晨喝一杯来自屠

奥地利皇后伊丽莎白·亚美莉·欧根妮加冕照，埃米尔·拉本丁 (Emil Rabending)
摄于 1867 年

宰场的温热鲜血的女骑手；就算是那位巴托里也不会做得更过。但老车夫动情的讲述为我带来的是一个德意志女子令人放下戒备的形象：她不再很年轻，擅长照顾马匹，她会粗暴对待她的马夫，或者完全相反，微笑着同他们保持距离，没完没了地向他们打听科孚岛上人们的牢骚。在一所我自有办法进去的房屋，有一只玻璃盒，展示着一只白色长手套，这凄凉的死去的皮蜕，迹近巫术。伊丽莎白终日穿越乡野长途远足，就在这略显疯狂的远足途中，有一天她进来索水喝，把这只手套遗落于此。上面仿佛遗留着人体的余温。

与匈牙利的伊丽莎白的相遇则要追溯到更远。就神秘事迹而言，这只涉及童年。我那个时代的法语佛兰德斯村庄里还保留着对游行的兴味，它尽管充斥着廉价的金箔和褪色的饰物，仍令人联想到西班牙辉煌的宗教游行。不同于塞维利亚宏伟的塑像，村子里游行的圣徒是由有血有肉的真人扮演的，常常是儿童。我在四岁到八岁期间，每个圣体瞻礼节的早晨，头戴用铁丝和彩色玻璃编成的头冠，身穿薄纱长裙和珠色丝绒外套，内衬里缝着一束假玫瑰花，以防在路上从我手指滑落；我沿着圣-让-卡佩勒村唯一的街道和黑山的小径一路小跑，我的白色小皮靴让我有些跌跌撞撞，它们与我的中世纪服饰颇不相配。我对自己扮演的人物不甚了了：我从未接近过病人，不明白伊丽莎白照顾病人有何值得赞美；我未尝饥馑，也没见过他人挨饿，送给饥民面包并不令我感动。但这同样的面包变身为玫瑰在我看来却很自然，因为一个孩子对任何事都不感惊异。

人们会对我说，我对那位古老匈牙利的小圣女的兴趣就始于此。我自己也这么说。但这一解释随着我们前行的脚步开始动摇了。它丝毫不能解释我们与我们的作品人物之间无比神秘的关联，这便是我在这些文字中试图辨析的问题。在我最后一次扮演匈牙利的伊丽莎白不久之后，被送去参加一个儿童舞会，装扮成帝国军队的小鼓手。我的全套行头看上去货真价实，包括鼓槌和刻着老鹰的纽扣。但这场化装舞会并未让我产生撰写拿破仑历史的欲望。

1975

IX

关于《牧童歌》的若干艳情与神秘主题[1]

---

1 《牧童歌》(*Gita-Govinda*)，古代印度梵语抒情长诗，12 世纪印度诗人胜天 (Jayadeva) 著，全诗分 12 章，描写毗湿奴大神的化身之一、牧童克里希纳 (Krishna，旧译黑天) 和牧牛女们特别是罗陀 (Radha) 的爱情生活。

IX

Sur quelques thèmes érotiques et mystiques de la Gita-Govinda

印度拥有伟大的艳情神话：帕尔瓦蒂与湿婆在持续几百万神年的拥抱中结合，其子有毁灭世界的可能；湿婆诱惑异教隐修士的妻子，修士们于是挑动妖魔复仇，最终却为大神提供了新的特征和饰物；迦梨[1]砍下的头被搁在一个底层妓女的身上，于是神性与所谓的污秽之物融为一体。在所有这些神话中，最美和最富有奉献与神秘意义的，大约就是克里希纳从天降入森林牧女中间的神话，其中尽情展现了不仅属于感官也属于心灵的情感。牧神在林中游荡，用他的笛声诱惑野兽、妖魔和女人。温柔的牧女们在灌木丛里争相拥挤在他四周，她们的牛群在那里吃草。这位无处不在的大神能同时满足他的上千个情人；若我们在此斗胆曲解一句名言的话，可

---

[1] 迦梨 (Kali)，印度教的重要女神，传统上被认为是湿婆之妻雪山神女的化身之一，有时也译为时母，其造型通常为有四只手的凶恶女性，全身黑色，舌头伸出口外，脚下常常踩着她的丈夫湿婆。

以说，人人各自拥有神，大家拥有神之全体[1]。这阳具的盛典是灵魂与天神结合的象征。

在此我们正处于神话的一个大分岔处。痴迷于其肉身的女子在丛林里游荡在这位神祇四周，他同时施予她们肉体的迷狂和神秘的迷醉，他是狄俄尼索斯；这位安抚受惊野兽的音乐家是俄耳甫斯；这位满足人类灵魂对爱之渴求的牧人是善牧[2]。但俄耳甫斯，在狂野的斯特雷蒙河边，因蔑视酒神暴烈的欲望而死；狄俄尼索斯将他的女祭司们拖入野蛮之中，处于一个充满了人类最古老恐惧的令人不安的世界；基督教的善牧与十字架密不可分。与此相反，俄耳甫斯-巴克斯在恒河边的历险则全无阴郁或悲剧色彩。克里希纳和牧女们在完美的安宁与伊甸园式的纯真中结合。沃林达文[3]的神秘森林属于永恒的田园牧歌。维纳斯在马厩里守在安喀塞斯[4]身边，

1　此句当化自谚语：人人为自己，上帝为大家（Chacun pour soi, Dieu pour tous）。
2　善牧（le Bon Pasteur），《圣经》中耶稣基督的一个形象。
3　沃林达文（Vrindavan），印度北方邦马图拉县的一座印度教圣城，传说为克里希纳童年生活的地方。
4　安喀塞斯（Admète），希腊神话中特洛伊王室成员，为女神阿芙洛狄特即罗马神话中的维纳斯所爱恋。

或在林中空地与阿多尼斯[1]在一起；阿波罗出于对阿德墨托斯的爱而为他放牧；特里斯坦和伊索德[2]在树枝搭成的陋屋里；齐格蒙德和齐格琳德[3]在茅屋门口聆听春夜的呢喃；德伯家的苔丝在农场的挤奶女工中间深藏自己的爱情；一直到18世纪田园剧中涂脂抹粉的配角，所有这些人物重新融入一个既理想又原始的世界，在我们看来起初显得虚假，但它并不比任何一个幸福的梦更虚假，其遥远的原型便是激情的克里希纳和他火热的牧女们。

基督教试图将人类灵魂带回到一种前青春期的纯真状态，虽然这更多是想象的而非真实的，并且与真正的童年相去甚远；基督教也希望并在很大程度上实现了肉欲的去神圣化，除婚姻状态外，而即使在婚姻中，它依然施加了过多的禁忌，以致罪的概念不能不永久植入其中，这一切几乎是毋庸置疑的。但恶来自比福音书和教

1　阿多尼斯（Adonis），希腊神话中的美男子，阿芙洛狄特（即维纳斯）为他倾心。
2　12世纪流传的浪漫悲剧故事《特里斯坦和伊索德》（*Tristan et Isolde*）的主人公，讲述了康沃尔郡骑士特里斯坦与爱尔兰公主伊索德之间的爱情。
3　齐格蒙德和齐格琳德（Siegmund et Sieglinde），北欧神话中的人物，瓦格纳以之为素材创作歌剧《女武神》。

会更远的地方。希腊的智识主义、罗马的清规戒律很早就造就了灵与肉的分裂。《会饮》，这希腊情色最为高贵的呈现，亦是纯粹情欲的天鹅之歌：感官在那里已然是转动灵魂之磨的仆从。塞涅卡[1]对肉体的轻蔑几乎不亚于中世纪《论鄙夷尘世》[2]的作者。更晚些，在西欧，来自蛮族的迷信与规则的影响加强了教会的道德主义：凯尔特人和日耳曼人在耶稣基督之前就已在烧死或溺死奸夫淫妇了。再晚些，资产阶级的体面、资本主义或极权意识形态、机器人或虚拟人的制造者，均不信任感官的自由活动，不亚于对灵魂的自由活动的怀疑。对欧洲人而言，情欲将先后成为一种多少算是正当的愉悦——但不配长时间占据一名哲学家或公民——一个灵魂认知的神秘步骤，一种令天使哭泣的羞耻的兽性餍足，一个侵入神圣平淡婚姻的多余罪魁、唯一爱情的崇高冠冕，一种讨喜的消遣，一个温情的弱点，一个轻佻玩笑的主题，以及阿雷蒂诺[3]论著的体位教程。每个人都在其中

---

1 塞涅卡（Sénèque，约前4—65），古罗马政治家、斯多葛派哲学家、悲剧作家、雄辩家。
2 《论鄙夷尘世》（De Contemptu Mundi），12世纪法国本笃会修士、克吕尼的伯纳德（Bernard de Cluny）所著的拉丁文讽刺长诗。
3 彼得罗·阿雷蒂诺（Arétin，即Pietro Aretino，1492—1556），意大利文学家，出版有剧作、讽刺诗文和艳情十四行诗等作品。

置入自己的那份：萨德[1]置入他冷酷的愤怒，瓦尔蒙置入他的虚荣，梅特伊[2]置入她对阴谋的嗜好，弗洛伊德情结的爱好者们置入他们的童年回忆，理想主义者则置入他们的虚伪。在艺术中，即使在最昌明自由的时代，画家和雕刻家为表达感官的诗意，也不得不以神话或传说为托词，在他们柔美的裸体作品上涂一层美学理论的保护色：安格尔[3]本人不会愿意承认他在《土耳其浴女》中注入了多少纯粹的情欲。在文学上，比我们以为的更难见到对品尝到的快感的如实描述，其中总是掺入事后添加的伪道德、预制的厌恶或嫌憎、万能的科普、掩饰一切的轻笑或粗俗大笑，以安抚读者，为作者打掩护。最让人产生陌异之感的，便是从上述混乱的深处回溯到印度艳情神圣的自然主义，及其经由生理体验而领悟到的神性观念，克里希纳的性爱游戏便浸淫其中。

---

1 萨德侯爵（Marquis de Sade，1740—1814），法国文学史上著名的情色作家。
2 瓦尔蒙（Valmond）子爵和梅特伊（Merteuil）侯爵夫人是法国作家拉克洛1782年出版的长篇书信小说《危险的关系》中的人物。
3 让·奥古斯特·多米尼克·安格尔（Jean Auguste Dominique Ingres，1780—1867），法国新古典主义画派代表人物，《土耳其浴女》是他的著名画作。

一种廉价的异国情调喜欢夸大亚洲的纵情声色。然而，印度的原始规训几乎与《利未记》同样严厉：从中可以感到这些永恒的压迫力量在起作用，即肉欲方面的迷信般的恐惧，族长和父亲的嫉妒或悭吝——他们倾向于使女性群体成为被严密看管的牲畜，无知、习俗、类比式推理、刻意使情欲沦为严格必需的生殖器欲望，以及，也许更有甚者，人对事实随意加以复杂化或简化的奇特本能。当然，规训是一回事，习俗是另一回事：这在感官方面尤其如此，在此人类比在任何其他方面似乎都更擅于潜入最深处自如地呼吸，远远深于思想、意见、训诫之变化不定的表面，甚至远远深于语言所表达的或身体力行者所清晰感知的事实层面。由是，传统上被《吠陀经》所谴责的某个性爱姿势就这样自由自在地镌刻在克久拉霍寺庙群的浮雕上。同样真实的是，在任何地方、任何时代，性道德方面总是充满了双重性，恰与其他任何事物一样，就某些点说是总要对应着就其他点说否，就好像此处的苛刻应当立即抵消彼处获得的自由。印度把女孩们早早投入婚姻，以免因未满足婚育年龄妇女的需求而自责，但这同一个印度却把寡妇们关起来或送上火刑柱。当印度雕刻家如此自如地表现克里希纳和牧女们的淫乐之时，印度教地狱图景中用来威慑淫乱者的酷刑与我们教堂里的魔鬼施于犯淫者的同样残暴。

　　诞生于印度大地的所有伟大宗教都倡导禁欲主义。婆罗门教对"实在"的执念、佛教对"虚空"的执念，在圣人那里达致同样的结果，即蔑视一切流逝、变化和有限之事。印度隐修者通过禁欲获得解脱；希腊—犍陀罗派的雕刻家表现佛陀离开一群享乐后衣衫不整沉睡的女人。但这离开并不意味着逃离罪恶；这禁欲主义并不意味着赎罪，对仪式不洁的恐惧也不完全对应于基督教对肉体之罪的执念，尽管这恐惧便是其根源。印度智者的超脱不含厌恶，不含清教徒式的责罚，也不执着于弃绝肉体。甚至在某些教派，就像基督教内部的某个异端团体一样，对于神秘主义者，性行为将成为与神结合的一个象征和一种形式，这在民间宗教中始终如此。绝对存在、至高无上的梵我（Atman）自身便包含着组成诸世界的众生的性爱游戏；佛教怛特罗派众神狂热的拥抱乃是为万物轮回所接受的一部分。

纯正的印度精神在艺术中越是发展，情色就越是植根于形式的表达。这艳情美妙地浸淫着阿旃陀石窟浮雕中修长苗条的裸女，鼓胀着凯拉萨神庙中河流女神几乎是洛可可式的曲线，并在更晚期的湿婆教雕塑中臻于一种舞蹈的癫狂，而这次我们再看到它，是在比例更为粗矮的躯体中，在克久拉霍、奥兰加巴德、玛玛拉普拉姆表现克里希纳与牧女之爱的浮雕中。圆润、光滑、富于弹性、如蜜流在蜜上一般柔软紧致的肉体。断开时，这些躯干让人仿佛看到了均质肉感的内部，如同一只水果的果肉。切下时，这些手臂和腿像根茎一般可重新生长。在它们身上流动的不是血，而是汁液，又或是菩萨之身所包含的取代血液的精液。我们不由得犹豫不决：触摸生殖器的这只手是手吗，还是另一个生殖器？覆盖在这赤裸大腿上的是一个膝盖还是一个手肘呢？这些嘴巴是吸盘，这些相互摩擦伸展的鼻子如同象鼻的开端。这些牧牛女被她们巨大沉重的乳房压弯了身子，就像被果实压弯的灌木。这狂野的女孩，双腿弯曲，脚踝并拢，像树干上的一只长尾猴那样纵身跃到她的爱神身上。这爱的艺术混合了几乎与王朝特征同样多的性特征：克里希纳尚不具有另一位不知疲倦的配偶湿婆那令人不安的女性特征，但他的发型、装扮、身形节奏都容易带来歧义——如果不是误解的话。例如在某个局部，两张吻合的嘴，两具交缠的身体，可以看成是两个相互搂抱的牧牛女。这位如此阳性的神仅有性器官明确显示为男性。有时，很明显，这些印度造像的神圣场景中渗入了幽默感，就像在我们的中世纪画师的作品中亦可见到的类似压抑的轻笑，它同喘息一样，也是一种爱的声音。但印度艺术中从来没有某些日本淫秽绘画上几乎令人难以忍受的神经质的痉挛，或某个淫欲主题的希腊花瓶上对色情清晰而几乎生硬的表现。这旺盛的肉欲铺张开来，像一条平坦的河流。

> 我的挚爱全身赤裸，她懂我的心，
> 　身上只留着她叮当作响的配饰……

在公元 6 世纪到 13 世纪，印度吸收又部分消除了希腊—犍陀罗风格的影响，而尚未受到波斯艺术带来的新的西方潮流的影响。这时的印度以纯粹的印度方式依照惯例表现"蓝神"[1] 的情爱历险，这些惯例几乎未曾改变，以致第一眼很难区分奥兰加巴德石窟的牧牛女与大约七个世纪之后的克久拉霍寺庙的牧牛女。洋娃娃般的大头上发式精巧整齐，尽管正处在性爱的高难游戏中；眼睛，或不如说眼睑，只用一笔平平画出，暗示戏剧化妆的传统高光，看上去与其说在睁着眼睛观看，不如说在闭着眼睛享受；裸露的肉体上装扮着奢华的珠宝。首饰、脂粉、发式无不呈现出一种文明和一个时代的特殊印记：这位全身环佩叮当的克里希纳就是被他的女人们环绕的一位王公；这些太初在森林里被占有的牧牛女就是在舞姿中职业性地扭动腰肢的神圣的芭蕾舞女；这个女子奇怪地弯着身子，用指间一支笔涂红足底，正在完成她作为妻子的一种远古的妆扮仪式。神的交欢无所不在，这本身就体现了后宫在欢愉时刻最隐秘的愿望。像波德莱尔这样的欧洲诗人，以一种因逆时代风气而愈发凄伤的感性，伤感而几乎变态地品味到的审美或肉欲的精致，在此不过属于平凡的风格化的性爱语言。乖张与违禁，这两样所有色情中不可或缺的成分在此全不相干。

---

1 指克里希纳，印度艺术中常用蓝色或紫色表现他的形象。

当印度的艺术与信仰虔诚地回顾克里希纳与其情人的结合时，大约在同样的时代，在中世纪欧洲的森林与旷野，农民与异教的古老阳具崇拜被教会禁止，却在女巫的集会上找到了藏身之处。上千美女在森林里紧贴着那位奇妙的情人，乳房下垂的老妪骑着她的扫帚，或紧紧抓住巫魔夜会[1]的山羊，奔向哈茨山与撒旦交媾，这是两种几乎同时产生的对欲望的表达。牧女性爱中的扭动可能令我们的双眼甚至感官厌倦；但这率真的艳情使印度免于我们愁惨的恶魔巫术。

尽管有翻译的功绩（甚至也许正由于翻译的缘故），还是很难公正地评判《牧童歌》的文学特质，这部孟加拉诗人胜天在 12 世纪描写克里希纳与牧女的情爱经历的抒情长诗。不是因为它在时间和空间上距离遥远，而是因为这部几乎夸张地呼应着大众对于东方爱情诗歌想象的香气馥郁的作品，颇不符合我们 20 世纪下半期的欧洲读者特定的文学品味甚或是文学偏见。我们不再习惯于这种丰饶与慵懒。在所有的亚洲诗歌文学中，从迦梨

---

1 原文为"Sabbat"，本意为犹太人的安息日，在中世纪传说中指巫婆在魔鬼撒旦主持下的癫狂舞会。女巫在夜里骑着扫帚前来聚会，恣肆欢谑，委身变身为山羊的撒旦。

克里希纳与罗陀谈话，《牧童歌》散页，现藏于纽约大都会博物馆

陀娑[1]到泰戈尔的印度诗歌总是令我们惊讶，因其奢靡、柔美、重复的夸张、浸淫于宇宙大流而对人事的相对漠然以及其醉人而平淡的浪漫主义风味。胜天也不例外。这艺术毫不原始；它是精湛的，甚至是文学的；这位孟加拉诗人之于梵文史诗的地位正如荷马之于亚历山大诗体。胜天重拾《薄伽梵往世书》的主题，这部书相对晚近，但其灵感更多来源于已两千年之久的过去，即《往世书》，而不是沉浸于上古印度遥远的基底、体现出雅利安征服或影响后果的吠陀经典本身。不过胜天更强调神话的浪漫与享乐的一面：为千名牧女遍洒雨露的主题与被抛弃的罗陀的幽怨主题交替出现，直到克里希纳最终施予那美丽的怨女应得的那份幸福。但印度的诗歌宇宙并不是个体化的，甚至不是个人的：唐璜花名册上的一千零三名女子中的每一名无论多么微不足道，依旧是一个独立的小小造物，且或多或少与其他女子有所不同，而胜天所描绘的千名情人则既可是女人的全体，也是同一个唯一的女人；每个牧女均可依次成为罗陀。这个宇

---

1 迦梨陀娑（Kalidasa），古梵文作家，被认为是古印度最伟大的剧作家和诗人，其剧作及诗词多基于印度《吠陀经》《罗摩衍那》《摩诃婆罗多》及《往世书》。

宙也不是悲剧性的：嫉妒不过是转瞬即逝的忧愁；痛苦即刻消解于享乐。读者漫步在这些癫狂裸女的湿润形象中，最终会不由自主联想到法国前古典文学的这场绮梦——"弗朗西庸之梦"[1] 的人物，他兴味无穷地踏着乳房铺陈的地面。胜天笔下确实有大量的动植物类比，如在寺庙的雕塑：克里希纳是"肢体繁多的耀眼舞者""从他的躯体散射出被鸟儿啄食的枝条"。头发是藤蔓，手臂是枝条，乳房是棕榈树的果实，阴部是莲花。克里希纳惊讶地发现了一处相似性，这是印度美学的模式，他将一头小象的鼻子看成了爱人的大腿。在希腊通过变形所表达的，此处通过一种癫狂的相似性表现出来。与《牧童歌》不可分割的，不仅是任何诗歌都不能免除的文学指涉与文学共鸣的谐波；而且尤其是整个印度文明，是这个文化，它比我们的文化精致，又更贴近于它从中产生的自然环境；也是那小小庭院的氛围，这些诗句在那池边亭榭里初次写成吟咏；还是女人、驯化的野兽、散发出胡椒味的甜蜜小食、萦绕不绝的音乐、来得轻而易

1　出自《弗朗西庸的滑稽故事》（*La Vraie Histoire comique de Francion*，1623）——法国小说家查理·索莱尔（Charles Sorel，1602—1674）的小说。"弗朗西庸之梦"出现在第三卷中。

举的一切、难以满足又顷刻平息的欲望，以及围绕着胜天的一切，使对快感的神秘颂扬顺理成章并获得滋养。

在大致与我们的中世纪对应的时代，主要是在孟加拉，围绕着克里希纳的神话实际上发展出了奉爱[1]，即这种对无可言喻之爱的神秘奉献，比照之下，它与许多个世纪中反复出现的某些基督教精神的形式无甚区别。况且，中世纪的印度为具体的虔爱而反对形而上思辨的演变，似乎堪与数个世纪后的天主教反改革运动相比拟。索多玛的圣加大利纳[2]和贝尼尼的圣女大德兰[3]的昏厥，抹大拉的玛利亚[4]的乳房温柔地藏在这位忏悔者散乱的长发下，这一切都表现出同样的将肉感的迷醉与宗教的迷狂相结合的需求，印度教牧女们则单纯通过性爱表达宗教之迷狂。在这两种情形下，崇拜的主体和被崇拜的对象之间建立起最密切的结合，迫使绝对、无限或永恒

1　即巴克蒂（Bhakti），奉爱，又译为信爱、虔信，在印度教中指对最高神祇三相神的虔诚信仰和尊敬供养的传统。
2　索多玛（Il Sodoma），即文艺复兴时期意大利画家乔瓦尼·安东尼奥·巴齐（Giovanni Antonio Bazzi, 1477—1549），此处指画家 1526 年为锡耶纳的圣加大利纳小教堂所作的壁画，表现 14 世纪天主教女圣人加大利纳在领受圣体时神魂超拔而昏厥的情景。
3　吉安·洛伦佐·贝尼尼（Gian Lorenzo Bernini，也称 Le Bernin, 1598—1680），意大利雕塑家、建筑师、画家。此处指他在罗马创作的大理石雕塑《圣女大德兰的神魂超拔》（*Extase de Sainte Thérèse*）。
4　抹大拉的玛利亚（Marie-Madeleine），耶稣的追随者，天主教女圣人。卡拉瓦乔、鲁本斯等许多艺术家都描绘过她昏厥的情景。

化身于有时过于人性的形象，不仅能够唤起爱，而且回应爱。随着胜天，我们既接近又远离作为《吠陀经》中的太阳化身的克里希纳，既接近又远离那至高的上神，《牧童歌》让他表达出印度教最令人生畏的思想：不可摧毁的实在对生与死这类短暂事件的漠然；创造与毁灭的同一；面对超出所有形式的可怕生命，人所界定的微弱善恶之虚无。这位沉溺于享乐洪流的克里希纳，通过神性慷慨而浓烈的情感与更古老的观念相连。尽管卷入肉欲，这位大神仍然过于狂暴，过于无所区分，以致虔敬的《牧童歌》在表面上和其他诗人与神展开的吐露心声的战栗对话没有丝毫相似之处，例如，同样在 12 世纪，波斯苏非教徒温情追忆唯一爱人的凄美歌曲。在这里，神更多是爱人，而非友人。

要避免众多冒险涉入人类学领地的考古学家所犯的错误，他们将更古老的过去的色彩涂抹于晚近的过去，古老的原始思维对之至多不过是作为无意识的基底。胜天的克里希纳，就像卡图卢斯的阿提斯[1]或希腊哀歌中

---

1 卡图卢斯 (Catulle，约前 87—约前 54)，古罗马诗人，著有《歌集》(Carmina)，《阿提斯》(Attys) 是其中的一首神话叙事诗，描写一位名叫阿提斯的希腊美男子的故事。

的阿多尼斯，不能用简单的语言简化为部落繁衍的神话。这关乎的是我们的感官，我们的快感。学者将神话或性仪式简化为部落性的单一实用意义（从而有意无意使之摆脱了令他尴尬的色情方面），这么做过于简化了这个史前世界：原始人拥有与我们一样的感官。但我们也要警惕那种更为空灵的错误，即从炽热的传说中只看到单一的精神象征和隐含的纯粹寓意。削弱《牧童歌》中的性享乐成分，便是背离了这融合瑜伽（Laya-yoga）的特殊性，它恰恰在于尽力通过强大的感官能量臻于绝对。诗人本人清晰地界定了他的意图："在此以一种诗歌形式表达爱的诸种方式，以从根本上区别于艳情。"在胜天那里，情欲不能处理为肉感的诱惑，否则我们随后会为所谓更高的意义而回避它，冒着在唇上留下暧昧或虚伪的滋味的危险。正如在莫卧儿细密画中，曼妙的公主们匍匐在林迦—约尼[1]面前，对胜天而言性对象既是表现又是象征。罗陀的性高潮完全是灵魂被神占有的迷醉，但这灵魂在肉体中悸动。

---

1 林伽（Lingam），象征男性生殖器，是膜拜湿婆的标志。约尼（Yoni），象征女性生殖器，在印度教中代表湿婆的妻子雪山神女。

"孔雀欢乐起舞……母牛边咀嚼草边奔跑过来，小牛浑身沾满母亲的奶水。野兽听到牧童的笛声流下甜蜜的泪水……"《薄伽梵往世书》大致如是说。胜天的作品和寺庙的雕塑都没有在传说中给动物的温良存在留下许多空间，相反，莫卧儿细密画里更柔美的形象中充满了动物，其中装扮成挤奶女的克里希纳和情人们为母牛挤奶。然而，动物在神圣牧歌里扮演着相当重要的角色：神的喜悦和人的幸福不能离开被人利用的卑微造物那安详的心满意足，它们与人共享存在的历险。希腊人尤其在爱情中将他们的兽与神混在一起。我们难以欣赏印度神话独一无二的美，假若我们不曾在其中认出人对属于其他物种和王国之造物的新鲜的友爱[1]，这友爱伴随着最热烈的肉欲，也许恰恰通过肉欲之几乎无所顾忌的倾泻。这柔情大约起源于古老的万物有灵思想，但早已超越之而成为十分自觉的众生一体的形式，它仍然是印度赠予人类的最美礼物之一：基督教的欧洲只在唯一的方济各牧歌里才对它有惊鸿一瞥的了解。

---

[1] 动物的形象时而出现在印度艳情浮雕和绘画中，但它们看起来并非兽神。它们具有一种近乎稚气的单纯和欢乐。——原注

也许没有任何事物能比现存于吉美博物馆的一件来自印度南部的崇拜物更美妙地表达出这一神圣传说：一个木质浮雕，表现身穿牧童衣的克里希纳对兽群吹奏长笛。在这细致入微的人形形象中，只有四只手臂令人想到全能的神力——两手持笛，两手赐福。这件相当晚近的作品（有些学者将之认定为晚至 17 世纪）是最清楚地表现出希腊影响的作品之一，透过其丰饶的印度教风格，依然可以看出印度艺术起源时希腊影响的遥远后果。"蓝神"扭动的胯部几乎是普拉克西特列斯式的；他波动起伏的长裤与希腊—罗马艺术中年轻的亚细亚神祇，如阿提斯或密特拉的长裤无甚区别。一段沉默的旋律，我们从中认出印度这凄美、肉感而神圣的音乐，它从神的嘴唇蔓延至繁茂的枝叶、野兽、神姿慵懒而有节奏的样貌。这孤独的歌声有助于我们更好地理解牧女们在寺庙立柱周围癫狂的踢踏，还有成千对痴狂情侣在森林中的盛大舞动，这森林自身便是众生之林。"维纳斯在丛林中与情人的身体交合"[1]，卢克莱修说得气象万千。印度为这盛大的宇宙牧歌所添加的，乃是一存于多的深刻感

1　原文为拉丁文（*Et Venus in silvis jungebat corpora amantium*）。

悟，是贯穿草木、兽、神、人的欢乐律动。血与汁液听命于神笛手的乐声；爱的姿势对他而言便是舞蹈的步伐。

1957

X

流转的年节

X

Fêtes de l'an qui tourne

圣诞节刍议

商业化的圣诞季已经到来。对几乎所有人而言——除贫困者之外,这便带来了不少例外——这是灰暗冬季里温暖明亮的间歇。对如今大多数过节的人,这盛大的基督教节日仅限于两个仪式:或多或少强迫性地购买种种有用或无用之物,以及给自己或亲友塞满吃食,怀着难以辨析的情感,其中均匀地混合着取悦他人的欲望、炫耀的心理、享受片刻美好时光的需求。也不要忘记那些常绿杉树,它们作为植物界永恒性的古老象征,被从森林砍伐而来,最终在燃油的热气里死去;还有缆车,把一批批滑雪者倾泻到洁净无染的雪地上。

我既非天主教徒(除了出身和传统),亦非新教徒(除了一些书籍和一些伟大楷模的影响),甚至大约也不是完全意义上的基督徒。我只是更倾向于庆祝这个意义如此丰富的节日，及其相关的一些次要节日，如北欧的圣尼古拉节、圣露西亚节、圣烛节和国王节。但让我们只限于讨论圣诞节，这个属于所有人的节日。它关乎一次诞生，人们满怀爱与尊敬期待着的一个孩子的诞生，正如所有的诞生始终应该是的那样，这个孩子承载着全世界的希望。它关乎穷人：一首古老的法兰西歌谣吟唱道，玛利亚和约瑟怯生生地在伯利恒寻找一个他们付得起的小旅馆，却四处碰壁，因为房间要留给更鲜亮富有的客人，最后还被一个"憎恨穷鬼"的店老板羞辱。这是善良人的节日，正如一句令人赞叹的话所说——但可惜我们无法再在福音书的现代版本中找到这句话，这些善良的人，从中世纪故事里帮助玛利亚分娩的聋哑女仆，到在微弱的火堆前烘暖新生儿襁褓的约瑟，再到沾满羊毛脂的牧羊人，他们被认为配得上天使的到访。这是一个常常遭受极端蔑视和迫害的族群的节日，因为伟大的基督教神话里的新生儿正是作为犹太孩子出现在大地上（当然我使用神话这个词时满怀敬意，如同我们时代的人种学家那样，就如它意味着那些超越我们、而我们赖以为生的伟大真理）。

这是参与了这神圣奥秘之夜的动物的节日，这美妙的象征，圣方济各和其他几位圣人感到了它的重要性，但太多普通基督徒忽视了并仍然忽视从中汲取灵感。这是人类共同体的节日，因为这时或数日之后将是三王节——传说三王中的一位是黑人，寓意地球上的所有人种，为孩子带来他们形形色色的礼物。这是一个欢乐的节日，但也沾染着悲情，因为这个被顶礼膜拜的孩子有一天将成为受难者。最后，这是大地自身的节日，在东欧的圣像中常常看到它匍匐在孩子选择出生的洞口，此刻它在运转中超过了冬至点，将我们所有人引向春天。为此之故，早在教会将这个日子定于基督生日之前，在上古时，它已是太阳的庆典。

看来，回顾这些人人皆知却多被忘却的一切，并不是件坏事。

1976

复活节片断：世上最美的故事之一

暂且搁下基督教最神圣一周的庆典与仪式不谈，让我尽力从我们在教堂里读到但并不总是理解的文本中发掘出一些元素，它们若是出现在陀思妥耶夫斯基、托尔斯泰那里，或在任何一位伟大人物或伟大殉道者的传记或报道中，我们定会深感震撼。总之，一个世上最美的故事徐徐展开。

一个近乎讽刺的序幕：一群可怜人随着他们爱戴的主人来到首都，受到人群的欢呼，而同样的这群人很快将对他大加嘲讽。一顿简朴的节日餐：十二名同席者中被猜测有一个叛徒；一个天真汉高声宣称他的虔诚，却将是第一个动摇的人；最年轻最受宠爱的那一个几乎是懒洋洋地倚在主人的肩头，也许还被包裹在这层常常庇护青春的金色茧壳里；主人身处这群无知者和弱者当中，因智慧和先知先觉而十分孤独，而这些人仍是他找到的最能够跟随他并继续他的事业的人。

夜色降临，这位主人，在这俯瞰城市的果园一隅愈发孤独，在这座城市，所有人都已将他遗忘，除了他的敌人：在那些漫长的黑暗时光，预感变为焦虑；牺牲者祈祷自己免于意料中的考验，但明知不可能，也明知，"若重来一遍"，他仍将走上同样的道路；"永恒的灵魂"恪守他的愿望，"纵然黑夜孤寂"。（愿阿拉贡[1]和兰波[2]帮助我们理解马可或约翰[3]。）他受难时，他的朋友们在沉睡，没能感受当下的迫切。"你们不能与我一起守候片刻吗？"不：他们不能；他们困了；况且呼唤他们的人并非不知道，会有一天，这些不幸者亦将受难并守夜。

兵丁抵达，准备逮捕被告。急躁的护主门徒，可能让事情变得更糟，而且几乎马上就退缩了。宗教方和世俗官方毕竟感到难堪，互相将被告推给对方；虔诚者与怀疑者之间没完没了的对话则互为补充："凡属真理的人

1 路易·阿拉贡（Louis Aragon, 1897—1982），法国当代著名诗人、作家、小说家。
2 阿蒂尔·兰波（Arthur Rimbaud, 1854—1891），19世纪法国著名诗人。
3 马可和约翰均为《圣经》中的人物，相传分别为《马可福音》和《约翰福音》的作者。

都听从我的话。——真理是什么呢?"[1] 长官焦躁起来,想从这个案子洗手脱身,让人群选择为即将到来的节日而释放的囚犯,众人选的当然是罪行的主角而不是正直的无辜者。犯人被暴民侮辱、殴打、折磨,其中好些很可能是好父亲、好邻居、好人,他被迫负着他的十字架,就像集中营的犯人有时扛着铁锹挖掘自己的墓穴。一小群友人留在受刑者身边,接受屈辱和忠诚招致的危险。守卫为争夺空荡荡的旧衣吵闹不休,就像战时一个阵亡者的战友有时会争抢他的皮带和靴子。

柔情流露在这个人对亲友的嘱托中,他此前过于关注其使命而无暇想到他们:垂死者请他最好的朋友代他作为儿子奉养母亲。(同样,在我们的时代,在所有国家,犯人或士兵奔赴无归的使命时写下的最后的信里,满是对诸如姊妹的婚姻或赡养年迈母亲的叮咛。)从与一名普通罪犯的交谈中看得出这是个善良的人;漫长的临终痛苦,在阳光下,在刺骨寒风中,任人围观,而人群

---

[1] 出自《约翰福音》37-38——"彼拉多就对他说:这样,你是王么?耶稣回答说:你说我是王。我为此而生,也为此来到世间,特为给真理作见证。凡属真理的人都听从我的话。彼拉多说:真理是什么呢?"

渐渐散去，因为迟迟没有终局。那呼号声仿佛在说，为成就一切，必经由绝望。"你为什么离弃我？"几小时后，这些可怜人将为他们的死者求得一座坟茔，兵丁们（为防人群聚集）则将在墙边睡去，就像从前陪在忧虑的生者身边的那些卑微而疲倦的同伴。

还有什么呢？许多个小时、日子、星期随后在哀悼与信任、幽灵与上帝之间流逝，在这沉沉暮色中，没有什么是完全切实、确定、令人信服的，但不可解释之事川流而过，就像提交给心理科学发展协会的贫乏报告，因不具结论性而愈加令人不安。从前的欢场女子来到墓地祈祷哭泣，她相信从园丁的外表下认出了她失去的那个人。（还有什么比"园丁"更好的名称来称呼这个让许多种子在人类灵魂中萌芽的人呢？）后来，如同在警察报告里的说法，当情绪有所稳定后，两名信徒沿着道路行走，一个友善的旅人加入他们的行列，并同意与他们在小旅馆同桌用餐，就在他们心说就是**他**的那刻却消失不见。世上最美的一个故事终结于一次耶稣复活现身的投影，仿若落下地平线的太阳仍然将云朵染成一片绚烂。

"我会觉得自己与耶稣更亲近，如果他是被枪杀而不是被钉在十字架上的话。"一位参加过朝鲜战争的年轻军官有一天对我说。正是为他，为所有无法在所谓过去的次要事件下找到本质的人，我冒昧写下上述文字。

1977

至日之火

冬至有圣诞为节日；春分时的复活节则独占其他复兴节庆的鳌头——譬如五朔节，中世纪俊美的男女在林中骑行或在草地上舞蹈庆祝；或几乎已过时的祈祷日，我们当代人对土地和天空的爱已不足以让我们相互祝福。圣约翰节，这夏至的节日，其欢乐之火几乎在各地都已熄灭，也许除了斯堪的纳维亚国家——在那里还能看到湖面倒映着长长的火苗；但在西西里，已无人在 6 月 24 日拂晓时分窥探旭日下裸身舞蹈的莎乐美[1]，她捧着一只代表太阳形象的金盘子，上面放着先知被砍下的头颅。

的确，沙漠里靠蜂蜜和蝗虫为生的人、被正午骄阳在岩石上的反光灼伤的先知以及其火热的话语足可象征东方炎热季节的布道者，一切，乃至约旦河水清凉的反

---

1 莎乐美，犹太公主，曾要求希律王砍下施洗约翰的头并放在盘子里。

差，无不令人更加感受到夏季的强烈。但是，辉煌而宁静明亮的元素，在我们温带地区与 6 月夏至这一念头本身是如此密不可分，在这血腥的苦行故事中则似乎过于匮乏了。其他基督教节日，如圣灵降临节及其神秘的火焰、基督圣体瞻礼节及其显供台四周繁盛的花朵和乡野图案，也都是发生在夏天里的节日；它们从未被感知为夏季的节日。这个本身便是节日的季节，严格说来并没有属于自己的节日。

然而，我们法国 7 月 14 日的彩灯和焰火，美国佬们 7 月 4 日喧天的爆竹和万花筒焰火，看来都回应着人类同样的古老需求，即在世间重现那段宏伟的太阳乐章，并且可能的话为这从天而降的热力和光明增光添彩。古老的欢乐之火在各个村庄或山头次第燃起，为森林与高草带来火灾的危险，对它的彻底熄灭我们并不会过于遗憾，尽管在火焰四周或其上跃动的舞姿是如此动人。我们在街上或在几乎也已过时的民间舞场里的舞蹈，以其特有的方式将之延续了下来，但已不再有神圣性，也许除了偶尔迸发的爱国情绪——仅仅是由于舞者清晰地意识到来自埃皮纳勒[1]制造的法国历史图片的鼓舞。或许我们如今慌慌张张大举出行的度假人流就是一种不自知其名的太阳仪式。

但是，每想到夏至节，我们就感到一种奇特的眩晕，有如一个在光滑球体上保持平衡的人。这充足的光线，这一年最长的白昼，在挪威北角持续近十周，在南极洲则是长夜漫漫，只有遥远的星光照亮。而且，这个远地点标志着下降的开始；此后白昼渐短，直到冬至天底；天文上的冬季始于 6 月，正如天文上的夏季始于 12 月，其时光照时长不为觉察地再次增加，直到圣约翰节达于顶点。我们面前有三个月的绿草地、鲜花、收获、海滩上温热的沙子、林间的鸣唱，但天空的运行已在预备我们的冬季，就像隆冬时节预备着夏季。我们被裹挟在这上升和下降的双重螺旋中。"停下吧，你太美了！"浮士德会对 6 月夏至这么说。他将是徒劳的。须只在我们自身寻求稳定，而不过分希望和相信。

1977

---

1 埃皮纳勒（Épinal），法国东北部城市，以版画和图片艺术著称。

亡灵日

　　一个在西欧天主教家庭出生的孩子至少保留着一次亡灵日在墓园散步的回忆，那天通常寒冷、阴沉、灰暗。前一天是万圣节，一个在某种意义上较为次要的节日，完全不像复活节或圣诞节那样会用礼物和各类吃食庆祝，但人们知道它用来纪念正式升天的死者。但这个孩子已意识到，亿万死者在另一个世界的命运不为人所知，而11月2日的二十四个小时似乎过于短暂，无法纪念全部死者。他们或已升天，但未行宣福礼，因此从未让人完全安心，抑或暂居炼狱或已堕入地狱，或来自异教时代，又或死于世界其他地方其他宗教，甚或就死于此地。就是死了，像假期再没见过的那条狗或那头牛，别人直截了当地告诉你它死了。于我，我把这久远的墓园之行与菊花展混淆起来，这些庞大的花球，总是满满地摆放在被精心照料的墓地上，因为这差不多是这个季节花商唯一供应的花草，除非用上一打玫瑰，但它们枯萎得太快，无法长期保存。

诚然，有些哀悼者看上去确实很悲伤。但在这里见到最多的（在此情形下一个孩子的眼光是毫不留情的），是一些衣着讲究的人对着邻近"租界"的所有者在墓地上摆放的花束评点优劣。我不会忘记在法国的墓园里常常突感厌憎，当我看到像在裹尸布里一样被固定在锥形纸包装里的鲜花，最终也将在其中腐烂，上面还带有好心花商的标签，被既不喜欢死者也不喜欢花朵的供奉者摆在那里，他们不愿费心带来一碗水，或者温情地把它们洒在地上或大理石墓葬上。人们满足于购买那类带有探访卡的花束（该有什么就会有什么），把它们放在那儿，也许暗地里比画个十字，如果谨守虔诚习俗的话，然后在保持体面的前提下尽快离开，因为这11月的天气不宜在墓地久留。

孩子隐约感到无聊和厌恶，他并不知道这些秋季仪式属于地球上最古老的庆祝仪式。看来在所有国家，亡灵节都在秋末举行，在最后的收获之后，当裸露的土地该为地下沉睡的灵魂让出通道时。从中国到北欧，死者总是被埋入地下，上面通常覆盖长满青草的坟头，被认为既能确保田地的肥沃又保护他们免受敌人的侵扰，就像埋在科洛纳斯圆顶墓穴里的老俄狄浦斯[1]的骸骨。不过，死者一年一度在这最易返回生界之时归来，这让他的后人既害怕又期待。所有的仪式都是双刃剑：人们诚心供奉死者让他过好死后的日子，同时以此抵消他死后的危害，但人们期待于他的是，重逢的节日一过，他便乖乖返回其地下的居所。亡灵节的仪式既是恐惧的仪式，也是爱的仪式。在芬兰，人们指给我看，这一天，路标或标有偏僻的房舍或农场名字的牌匾被移走或盖上一块不透明的布，以免迷路的鬼魂回来住进他们从前的居所。这是不被承认、几乎也不可承认的事实，即哪怕是最亲爱的死者，若在几年甚至几个月之后再回来，对于境遇已变的生者来说就会变成生活的侵入者。因此这种期望并非出于人的自私或轻忽，而是生活自身的要求。

---

1 俄狄浦斯，古希腊神话中的悲剧人物，在不知情的情况下弑父娶母。

这一秋祭的规律也有例外。佛教盂兰盆节是最美的亡灵节之一，它在夏季举行，人们让数百只点着一盏小灯的小船随水漂流，表示我们朝向永恒的脆弱而壮大的旅行。也许不具有那么强的象征性，只是作为人们希望看到的照耀着逝者的永恒之光的标志，是圣诞夜在斯堪的纳维亚或德国墓地亮起的灯笼，仿佛在友好地让逝者加入生者的欢乐和恩典。只要有一次在走向明亮的村庄教堂的路上瞥见这些倒映在冻土上或仿佛点燃在晶莹雪地上的小小火苗，我们便难以忘怀。打破秋祭规律的另一个例外是美国5月底的准世俗节日，称为"装饰日"[1]，人们用花束装饰墓园。仅从园艺的角度，这个时节选择得很好：不仅繁花盛开，而且园艺爱好者将种植花园的热情延伸到了墓园。在春天姗姗来迟的新英格兰地区，这往往是美好季节的第一次野餐。倒不至于像某些伊斯兰国家那样就在墓地里吃喝，但人们对死者的思念与生者的满足交织在一起。

---

1 即阵亡将士纪念日（Memorial Day），美国联邦法定节日，定于每年5月的最后一个星期一，最初命名为装饰日（Decoration Day）。

然而，在美国，真正的亡灵节是孩子和青少年滑稽而有时阴森的化装盛会，万圣夜（Halloween），这是另一个秋天的节日，在万圣节前夜，也就是古埃及阿锡尔月[1]1号的前夜，是被恶力杀死而成为冥神的奥西里斯的周年纪念日。*Hallowed all*：一切灵魂成圣。除了少数学者之外，没人知道这个词的古老词源，也不会将这闹哄哄的群魔乱舞与死者的节日联系起来，但真正的节日，最深深根植于人类无意识中的节日，正是人们只知庆祝却不知为何庆祝的节日。

万圣夜无关扫墓，甚至无关前往墓园。这是充满童趣的日子，这天妈妈们给自己的宝贝炮制天真的、有时阴森的变装；极少有美国人不记得这一切的魔力，他们穿戴着魔鬼的火焰帽、猫的胡须和尾巴，或者缝进一段黑布里的骨头形状的白色带子，如同在天真无邪地提前体会转世变形的滋味。他们装扮得如此光怪陆离——若非扮成女巫，就扮成吸血鬼德古拉、裹着床单的鬼魂或超人，但总是戴着自己挑的面具，挨家挨户要糖，粗着

1　阿锡尔（Athyr），即哈托尔（Hathor），古埃及女神。埃及历的第三个月以女神的名字命名。

嗓门威胁拒绝给糖或给得太少的居民。大点的孩子和青少年加入他们，或者另外组成敌对的团伙，同样奇装异服，戴着面具，常常发生大量破坏行为：玻璃被打碎或涂鸦，鸡蛋被扔到窗户或门扇上，公园长凳和家具被弄坏，窗格被弄断（以试图闯进去抢走觊觎的那瓶威士忌）。也有些时候，被这些闯入者惹恼的成人干下残暴的恶作剧：我听说有人在蛋糕片上抹肥皂或粪便，甚或有一次撒上了碎玻璃。同样在这个晚上，舞会后散去的女孩们比平时更有可能遭到强暴或被扼死在树篱的角落里。

在路上，路牌有时会被移开或颠倒过来，就像迷信的芬兰农民出于他们所知的原因而做的那样。作为对世上最古老仪式之一的另一种无意识回归，在我居住的村子中央，有一棵树，总是同一棵，被男孩子们爬上去挂满了飘带，从各个枝条垂下来随风飞舞，但是，出于方便，或可就地取材，或出于污秽的意图，大量展开的卫生卷纸取代了其他文明的布头或宣纸。狂热变成了嘲弄。在这个自以为物质主义的伟大国度，这些吸血鬼，这些鬼魂和秋季狂欢节的骷髅并不知道他们之所是：他们是挣脱枷锁的死魂灵，人们同意供养他们，为的是随后把他们驱逐，心怀混杂着戏谑与恐惧的情感。仪式与面具比我们更强大。

1982

XI

谁知道兽的灵魂是否入地呢？

XI

Qui sait si l'âme des bêtes va en bas ?

谁知道亚当之子的灵魂是否升天，

兽的灵魂是否入地呢？

《传道书》，III，21

　　《一千零一夜》里的一个故事说，神创造人类那天，
大地和动物都在颤抖。诗人这令人赞叹的洞察力对我们
显现出其全部价值，我们比这位中世纪的阿拉伯说书人
更清楚，大地和动物是多么有理由颤抖。我看到田野里
的牲畜和马匹，这优美的景色在各个时代都被画家和诗
人感知为"田园风光"，但可惜的是，在我们西方的环境
里已变得稀有，有时我看到农场庭院里还在自由啄食的
几只母鸡，这时我告诉自己，当然，这些或为人类的口
腹之欲而牺牲，或为人类耗尽体力的动物，有一天将
"死于非命"，被放血、打死、勒死，或按照古老的习俗，
不被送到"屠马场"的马匹会被一枪打死——而且枪法

往往很拙劣，几乎从来不是真正的"仁慈一击"，或被抛掷于山野的孤独中，就像马德拉地区的农民还会做的那样，或者甚至（我是在什么地方听说的？）被用刺棒赶下悬崖摔得粉身碎骨。

但我也告诉自己，此时此刻，也许在几个月或几年之中，这些动物仍将在露天里、阳光下或夜色中生活，常常被虐待，有时被善待，差不多正常地过完它们动物轮回的一生，就像我们听天由命地过完我们自己的生命轮回。但在我们这里，这相对的"常态"已不再适用，可怕的生产过剩（而这最终也将使人类退化并毁灭）把动物变成流水线上制造的产品，在难以忍受的电灯光下度过它们短暂可怜的一生（因饲养者必须尽早收回成本），被填塞激素，又把其危险通过它们的肉传给我们，它们下蛋，"随地便溺"——就像从前的护士和乳母常说的那样，被关在笼子里的家禽紧紧挤在一起，在它们局促可怕的一生中，喙和趾甲在悲惨的同伴身上磨损、断掉，又或者，像共和国卫队的骏马，年老力衰时被送到巴斯德研究院的马厩，等死的时间有时长达两年，其间唯一分心的事就是被每天放血，直到最后血尽而死，成为我们免疫学进步的牺牲品，共和国卫兵们自己都忍不住呼喊："我们宁愿把它们直接送到屠宰场。"

是的，我们所有人几乎都用过血清，同时满心期望这项医学进步早日过时，就像那许多其他已过时的医学成就那样；我们中的大多数人吃肉，但有些人拒绝这么做，他们略含讽刺地想到那些恐惧与痛苦的废弃物，想到营养循环末期的所有废细胞都终结于这些大啖牛排的嘴巴里。

跟在其他地方一样，平衡被打破了；可怕的动物原料是件新事物，正如森林被砍伐殆尽，以供给我们充斥着广告和假新闻的日报与周刊所必需的纸浆；正如我们的海洋，鱼为油轮而牺牲。数千年来，人类视动物为私产，但仍然与之维持着一种密切的联系。骑士爱他的坐骑，尽管会虐待它；从前的猎人了解猎物的生活方式，并以自己的方式"喜爱"他以猎杀为荣的动物：一种亲切感与恐惧混合在一起；奶汁干涸被送到屠夫那里的奶牛，为圣诞大餐屠宰的猪（传统上中世纪屠夫的老婆会坐在猪蹄上以阻止其乱动），它们首先是"可怜的动物"，人们会给它们割些草，或者喂给它们泔食。不少农妇把她们倚着挤奶的奶牛视作沉默的朋友。笼子里的兔子离食橱只有两步远，它们将被"剁成肉糜"放进去，但在此之前人们喜欢看它蠕动着粉色的嘴唇咀嚼从笼子外送进去的菜叶。

我们改变了这一切：城里孩子从未见过牛或羊；而人并不喜欢自己从无机会接近或爱抚的东西。对一个巴黎人来说，马不过是一种类似神兽的动物，在兴奋剂的刺激下超越体力极限，让人在赌马大赛里下对注的时候从它身上赚点钱。在超市，动物的肉被切成片，仔细包在透明包装纸里，或保存在罐头里，人们不再感到它曾是活生生的。在我们的肉铺里，新鲜屠宰的半扇畜肉挂在肉案上方的钩子上，不习惯的人看来惨不忍睹，我在巴黎的一些外国朋友远远瞥见这情景便换个人行道走，而我们最终告诉自己，这也许是好事，可作为人对动物施暴的明证。

同样，精美地陈列在大型皮货商店橱窗里的皮草大衣，看起来与在浮冰上被棍棒打死的海豹或被猎索套住、为重获自由而咬断一只爪子的浣熊相去千里之遥。正在化妆的美人并不知道她的化妆品曾在兔子或豚鼠身上实验，它们被牺牲，或死或瞎。购买者的无意识，以及因而产生的良知，仍旧完好无损，正如竭力为各种劳改营辩护或鼓吹使用核武器的人，其无辜也完好无损，因为他们对其话题一无所知且缺乏想象力。一个越来越远离现实的文明正在制造越来越多的受害者，包括文明自身。

然而，对动物的爱与人类一样古老。数以千计的书面或口头见证、艺术品和人所目睹的举动可兹证明。这个摩洛哥农民爱他的驴子，但他刚刚听说它活不久了，因为他连续好几个星期在它布满伤口的长耳朵上倾倒燃油，他认为价格更昂贵的燃油比他小农场里充足的橄榄油更有效。可怕的耳坏死已渐渐侵蚀这动物全身，它活不长了，但还会继续劳动到死，因为主人太穷了，不能答应以它献祭。这个富有的守财奴爱他的马，他把这匹灰色鬃毛的骏马牵到欧洲兽医那里参加免费咨询，它是骑术表演日的骄傲，但饲料没选好似乎是唯一害了它的原因。这个葡萄牙农民爱他的狗，每天早晨把这只髋骨骨折的德国牧羊犬抱在怀里，让它在他一天漫长的耕种中陪在身边，喂它吃剩饭。这位老先生或这位老妇人爱鸟儿，他们在巴黎乏善可陈的公园里喂鸽子，人们不该取笑他们，因为多亏了身边这些翅膀的拍打，他们才找回与世界的联结。《传道书》里的人爱动物，他追问兽的灵魂是否入地[1]；列奥纳多在佛罗伦萨的一个市场为许多笼中鸟放生[2]，又或者一千年前的这位中国女子，她看到院子角落的一个巨大笼子，里面关着上百只麻雀，因为她的郎中嘱她每天趁热吃一个雀脑。她把笼门大大敞开。"我是什么人，竟胜过这么多动物？"[3] 我们须不断作出的抉择，其他人在我们之前已作出了。

引起动物痛苦的一个重要原因，至少在西方，似乎是《圣经》中耶和华在亚当堕落之前对他发出的命令——上帝指给亚当看成群的动物，让他为它们命名，宣布他是它们的主人和统治者。这个神秘场景总是被正统基督徒和犹太教徒解读为允许对这数以千计的物种加以轮番利用，它们以不同于我们的形式表达出生命之无限多样，并以其内部构造、行动、享乐和受苦的能力，表达出生命的极致统一性。然而，可以很容易用另外的方式解读这古老的神话：这尚未堕落的亚当，完全可以

1　第三章5．21。——原注
2　传说列奥纳多·达·芬奇经常买下笼中鸟放生。
3　故事出自明代陆粲所撰志怪故事集《庚巳编》。

认为自己被擢升为所有受造物的保护者、仲裁者、调节者，运用他比动物多出或不同的天赋，完成和维持世界的美好平衡——上帝令他成为世界的总管，而非暴君。

　　基督教大约也曾强调过把动物与人相提并论的高尚传说：牛和驴呼出热气温暖婴孩耶稣；狮子虔诚地掩埋苦修者的尸体，或作为役畜和守门狗服侍圣杰罗姆；乌鸦为沙漠里的圣师带去食物，圣罗克的狗为患病的主人觅食；圣方济各保护狼、鸟和鱼，森林里的兽在圣伯拉削身边寻求庇护，该撒利亚的圣巴西流为动物祈祷，或驮着十字架的鹿使圣休伯特皈依（宗教民间传说最残忍的讽刺之一，便是这位圣徒后来成了猎人的主保圣人）。又或者，爱尔兰和赫布里底群岛的圣徒将受伤的苍鹭带到岸上照料，保护陷于绝境的鹿，临死时与一匹白马为友。基督教的民俗中有动物的全部元素，与佛教几乎同样丰富，但干巴巴的教条主义和人类自私的优先考虑占了上风。在这一点上，人文主义这一所谓理性的和世俗的运动，在这个词最近被滥用的意义上，即宣称只为人类事业带来利益的意义，看来直接传承于这贫困化的基督教，对其他生灵的认知和关爱已从中消失了。

另一方面，一种截然不同的理论将为某些人所用，对他们而言，动物不配获得任何帮助，而且不具有我们至少在原则上和纸上赋予每个人的尊严。在法国及所有受到法国文化影响的国家，笛卡尔的动物—机器已经成为一个信条，因其有利于剥削与冷漠而更易被接受。在此我们也可思忖，是否笛卡尔的断言是在最低的层面上被接受的。动物—机器，是的，但人本身不多不少也只是机器而已，一台用来生产并组织行动、冲动和反应的机器，正是这些行动、冲动和反应构成了热与冷、饥饿感与饱腹感、性冲动，以及痛苦、疲倦、恐惧的感觉，动物像我们自身一样能够感受这一切。动物是机器，人也是，笛卡尔没有公开推进这个假设，大约是惧怕亵渎不朽灵魂，而该假设本可为真正的生理学和动物学奠定基础。而列奥纳多，如果笛卡尔能读到他的笔记，就会悄声地告诉他，归根到底，上帝本身便是"第一推动力"。

我花了较多篇幅回顾了动物的悲剧及其主要原因。在此问题目前的状况下，在这样一个时代，我们在这方面及其他许多方面的虐待日益严重之时，我们不妨思考，一份《动物权利宣言》是否会有用。我很欢迎这样的宣言，但一些聪明人已在悄声说："《人权宣言》公布已将近二百年了，其结果如何呢？没有任何时代更加集中营化，更倾向于大规模毁灭人类生命，更可随时贬低人性的概念，直至受害者本人的人性。再颁布一份有利于动物的这类文件适当吗？它将——只要人自身毫无改变——与《人权宣言》一样徒劳无功？"我认为适当。我认为总是应当颁布或重申真正的法令，它们还是会被违犯，但偶尔会使违法者产生做了坏事的感觉。"你不可杀人"。令我们如此自豪的全部历史，就是对这条法令的不断违犯。

"你不可让动物受苦，或至少尽可能少使它们受苦。动物有其权利和尊严，如你一样"，在现有的精神状态下，这条训诫确已相当克制，但却，唉，几乎是颠覆性的。让我们颠覆。让我们反抗无知、冷漠、残忍，这些行为如此经常地施加于人，只因曾施加于动物。既然一切总是要归于我们自身，那就让我们记得：会少些儿童成为牺牲品，如果少些动物遭受折磨；会少些把独裁者的受害者带向死亡的闷罐车厢，如果我们看不惯那些运输牲畜的车厢，载着缺食少水的濒死动物一路驶向屠宰场；会少些人成为猎物倒在枪口下，如果猎人不是那么嗜杀的话。但凡有些微可能，让我们改变（即尽力改善）生命。

1981

XII

这悲凉的轻易就死

XII

Cette facilité sinistre de mourir

……必须颤抖，只要我们无法治愈

这悲凉的轻易就死……[1]

　　雨果关于巴黎公社死难者的这几行诗写于将近一个世纪之前，如今我再次吟起，心中念及这些年轻人和这名年轻姑娘，他们宁愿投身火海而不肯接受人们为他们创造的世界。也许这是第一次，在我们西方社会，这样的自愿牺牲，给所谓合情合理的自利和合乎常理的道德观，以及适应现有世界的观念，打了一记耳光。但这牺牲是自愿的吗？正如从前基督徒拒绝为偶像献祭，这些年轻的生命也感到，无论是对是错，他们别无选择，唯有献祭于那些我们情愿与之为伍的贪婪残暴的伪神，或以死抗争。

1　这两句诗出自雨果的《被枪决者》（*Les fusillés*），选自雨果出版于 1872 年的诗集《凶年集》（*L'Année Terrible*）。这部诗集的背景是 1870—1871 年间普法战争失败后巴黎的工人阶级起义和巴黎公社，表达出对巴黎公社死难者的同情。

在某种意义上，他们没有错：人只要活着就不能不被卷入。"世界在燃烧"，佛经近三千年来一直这么说，"愚痴之火、贪欲之火、嗔怒之火将之吞噬"。在里尔、在巴黎以及数月前在普罗旺斯，几个孩子认识到这个我们大多数人一生未明的真理。他们离开了这样一个世界，在那里，比以往任何时候都更具彻底毁灭性的战争发生在一种并非和平的和平当中，这种和平对人和环境的毁灭性常常趋向于与战争同样大，在这个世界里，美食餐厅的广告与对饿殍的报道并排印在报纸上，每个身穿皮草大衣的女人都在促成一种物种的灭绝，我们对速度的狂热追求每天都在加剧这个我们赖以为生的世界的污染，每本黑色系列小说或可怕的社会新闻的读者，每部暴力电影的观众，都在不知不觉中推动了杀戮的狂热，我们为此在半个世纪中付出了上百万生灵涂炭的代价。这些孩子弃绝这一切，是对还是错呢？

答案最终将取决于他们的牺牲是否将带来周围心灵的改变。我们能够阻止他们赴死吗，或者，更重要的，我们能够阻止其他纯洁的心灵在未来走上同样的道路吗？面对这如此迫切的追问，必须承认，我们可以为他们提供的常见的活下去的理由中没有一个足够有力，足以挽留一个无法再忍受世界现状的人。告诉他们，最机灵或也许最乖巧者还能从我们所处的混乱中脱身，甚至能从中攫取些许个人的幸福或成功，这是徒劳的，当他们之赴死并非出于自身，而是因为他人的痛苦。

这佛教徒式的牺牲，在其惨状深处是如此令人钦佩，看起来我们能够与之对抗的唯有传统，根据这传统，佛陀本人在即将迈入平和之境时，决定留在这个世界，只要还有一个生灵可能需要他的帮助。离开之人大约是最优秀的：我们需要他们。我们也许本来能够拯救他们，如果我们能够使他们相信，他们的抗拒，他们的愤慨，乃至他们的绝望都是必要的，如果我们懂得如何以生存（或试图生存）之勇敢的艰难对抗这死亡之悲凉的轻易，以使世界变得稍稍不那么丑恶不堪。

1970

XIII

安达卢西亚或赫斯珀里得斯[1]

---

1 赫斯珀里得斯(Hespérides),是希腊神话中看守赫拉的金苹果圣园(即赫斯珀里得斯圣园)的三姊妹。赫斯珀里得斯圣园位于世界西方尽头,太阳就在那里落山,即太阳神车结束一天的旅行之地。

XIII

L'Andalousie ou les Hespérides

南部西班牙曾经有过好几个名字；罗马时代的贝提卡，科尔多瓦的哈里发，格拉纳达王国，以及蛮族入侵时代这个古老的称呼，安达卢西亚，即汪达尔人的土地。这些名字中最古老的仍然是最富有意味的：赫斯珀里得斯，日落之处。

地中海有两个门户，东部的赫勒斯滂，西部的赫拉克勒斯之柱（此处且不谈苏伊士运河这道人为的裂隙）；只有当我们进入这两处海峡，置身于它们关闭或开启的区域，对地中海的认识才算完整。在西班牙的最边缘，也在小亚细亚和色雷斯的边界，欧洲在其终结之处确认自身。这东方和这西方，二十个世纪以来摇摆于一个天平的两端，天平横梁则是罗马。就像在希腊群岛，各个帝国在此形成或解体，受制于狂风和船只相撞的危险：西班牙有特拉法加，正如黎凡特有亚克兴或勒班陀。在格拉纳达，正如在君士坦丁堡，我们遇到了在欧洲花园腹地建立的帐篷和荒漠世界的顶端。加的斯，*最后的加戴斯* [1]，作为希腊—罗马世界朝向大西洋的大门，就像古代拜占庭朝向黑海和亚洲。塞维利亚干燥轻盈的空气，其兼具大陆与海洋的生存节奏，让人无可抗拒地联想到雅典。

从史前起，人们就主要从左侧或南端接近西班牙：安达卢西亚最重要的物资由克里特人、希腊人或布匿人的驳船，以及罗马的三层桨战船和穆斯林的三桅帆船运来。无论追溯到多么古老的过去，东方及其非洲的中介和罗马都从未有过不曾在这片美丽的土地上留下痕迹的时候。但西班牙，特别是安达卢西亚，仍然与黎凡特相似——相似之处在于，作为地中海地区，它却只有一半算地中海。这偏离中心的位置，处于已知世界的西部边界，很晚才进入世界舞台；希腊的殖民扩张及其他对人类经验独一无二且永远年轻的贡献，处于我们历史的开端；十分古老的西班牙却很晚才发展起来，它只在某些方面成熟，在其他方面则过早枯竭，直到文艺复兴冒险

1　加的斯（Cadix），西班牙西南部城市，安达卢西亚加的斯省的省会，公元前1104 年由腓尼基人建立，称加戴斯（Gadès）。这里"最后的加戴斯"原文为拉丁语（*Ultima Gadès*）。

的顶峰之时才达于全盛。缘其右翼的深渊确实不如俯瞰希腊广阔的亚洲大陆那么有威胁性，因为入侵者并不会像来自亚洲的大流士或帖木儿的部落那样常常冲出来。但它也更幽暗、更加无可估量、更空虚，仿若虚无，或迹近那神秘而不可抵达的亚特兰蒂斯[1]。

自古代始，希腊人大致将英雄之岛，即阿喀琉斯的至福乐土，定位于伊比利亚沿岸海域；另一个传统则将之置于黑海，彼时已知世界的对岸。在中世纪，但丁接过这个伟大的大西洋主题，将他的尤利西斯带到远离伊萨卡的地方，使他连人带货沉入大海——面对加那利群岛，或也许是佛得角，在已然是异乡星辰照耀的天空下，后来西班牙征服者发现的海域。但特别是从 16 世纪初起，距离那个金羊毛的形象由于一个勋章的巧合而令查理五世的朝臣们魂牵梦萦[2]的时代不远，亚特兰蒂斯

---

1 亚特兰蒂斯（Atlantides），位于欧洲到直布罗陀海峡附近的大西洋之岛，传说中拥有高度文明发展的古老大陆、国家或城邦。最早的描述出现于古希腊哲学家柏拉图的著作《对话录》，据称在公元前一万年被史前大洪水毁灭。
2 指金羊毛骑士团（Ordre de la Toison d'Or），又称金羊毛勋章，是勃艮第公爵菲利普三世于 1430 年创立的骑士勋位，传说出自希腊神话中英雄伊阿宋寻找金羊毛的典故。金羊毛骑士团的领主权于 1506 年转移给查理五世，其朝臣均以获此封号为荣。此处"勋章的巧合"即指神话中金羊毛的形象因金羊毛骑士团勋章而获尊崇地位。

16 世纪的塞维利亚。疑为阿隆索·桑切斯·科洛（Alonso Sánchez Coello）所作

（l'Atlantique）真正变成了大西洋（la mer Océane）[1]，哥伦布、皮萨尔和科尔特斯便是寻觅金羊毛的阿尔戈英雄，佛罗里达和墨西哥则如同科尔基斯[2]。这片土地的赤裸和伟力，平原与山脉广袤无人的空间，可以说使西班牙更接近大洋彼岸那些几乎没有历史的国度。桑卢卡尔港，最早的西班牙殖民者的武装商船从那里出发向西航行；拉比达的修道院，哥伦布在那里思索他的旅行；塞维利亚的档案馆虔诚地保存着伟大探险家们的探险图和世界地图——在这些地方，一幅世界全景对人类铺展开来。

加的斯小小的省立博物馆保存着一具布匿石棺，酷似卢浮宫的西顿石棺：厚重的人形，一只手臂以死者常见的姿势合拢，手里握着一个石榴或一颗心。石棺内露出一具树干般强壮的骸骨。这位无名的布匿人提前浓缩了一场伟大的西班牙历险；阿拉伯人将跟随布匿人的脚步；复地运动[3]时的天主教的西班牙以其方式重启西庇

---

1 5—15世纪，亚特兰蒂斯被称为大西洋。哥伦布被称为大西洋的海军元帅。
2 科尔基斯（Colchides），现格鲁吉亚，希腊神话中阿尔戈英雄到这里寻找金羊毛。这里也是美狄亚的家乡。
3 即再征服运动（la Reconquête，718—1492），亦称复国运动、复地运动，是伊比利亚半岛北部天主教各国逐渐战胜南部穆斯林摩尔人政权的运动。

阿家族[1]的使命；萨贡托[2]和努曼西亚[3]直到被摧毁仍然分别至死效忠罗马和迦太基，它们在伊比利亚的土地上树立了两个互相矛盾的忠诚典范。阿尔罕布拉宫浮动着伊斯兰的东方气息，与之形成反差的是查理五世在格拉纳达的肃穆宫殿。清真寺变为小教堂，信奉天主教的皇后面对被征服的城市想在那里安息，这标志着永恒的布匿战争的一个时刻。在整个迦太基统治过程中，更古老的影响仍然得以体现：塞维利亚的竞技场让人联想到克里特壁画上的斗牛，想到慵懒的女观众从高处观看惊险的打斗表演。耶稣受难日的圣母，珠宝闪耀的马卡雷纳圣母像[4]，其姊妹是古代披戴腓尼基饰物的埃尔切夫人像[5]。希腊的或承自希腊的造型艺术从两方面促成了这两座纯粹偶像的造型：坚硬细腻的线条呈现出伊比

---

1 西庇阿家族（Scipions），罗马共和国的一个家族，属于科尔内利乌斯氏族的一个分支。在 200 年的时间里，西庇阿家族产生了 30 位执政官。
2 萨贡托（Sagonte），西班牙东部城市，位于瓦伦西亚省。曾是引发第二次布匿战争的导火索。
3 努曼西亚（Numance），一座已消失的凯尔特伊比利亚城市，遗址位于今西班牙索里亚省以北的加拉伊穆尔拉山。曾在凯尔特伊比利亚战争中与罗马共和国对抗。
4 马卡雷纳圣母像，简称马卡雷纳（Macareña），指马卡雷纳圣殿中供奉的哭泣的圣母玛利亚雕像。
5 埃尔切夫人像（la dame d'Elche），一座石灰石半身像，1897 年被发现于西班牙埃尔切以南的拉尔库迪亚（La Alcudia），现存于西班牙国家考古博物馆。

利亚的美，但其热烈、凝定和沉甸甸的珠宝则来自东方。

罗马的西班牙持续了大约七个世纪，远远构成了半岛所经历的最悠久的和平时期。在今天的安达卢西亚的地图和土地上，处处可见安宁繁荣、人口众多的西班牙城镇、道路、水渠、港口、古迹，当年曾为罗马提供皮货、腌肉、针茅及矿锭。清真寺和教堂矗立在古代废墟之上；科尔多瓦桥曾负载过加尔巴的军团。四面环山的龙达仍然保留着庞培的痕迹；对那伟大战士的回忆弥漫在整个西班牙诗歌中，如今还出现在小学生的涂鸦墙上。伊大利卡[1]，图拉真、哈德良和狄奥多西[2]的故土，如今超过四分之三已埋入地下，但其镶嵌画和几座雕塑见证了当地希腊化手工艺者的精湛技艺，或从希腊和罗马输入的奢华。在17世纪高贵的西班牙诗人罗德里戈·卡罗那里，伊大利卡始终是忧郁孤独的象征，已逝生命之巨流淌过的干涸河床。塞维利亚人喜欢引用休谟的话提醒

1　伊大利卡（Italica），位于现代桑蒂蓬塞北部，塞维利亚西北部，是由罗马将军大西庇阿在贝提卡省建立的一个定居点。
2　狄奥多西，即狄奥多西一世（约346—395），罗马帝国狄奥多西王朝的第一位皇帝。

我们，相继担任罗马帝国皇帝的两位安达卢西亚皇帝保障了人类罕见的美好世纪之一：塞维利亚有它的图拉真大街和哈德良大街。

历史学家试图定义西班牙部族对罗马的这种渗透，这一现象之后将在波吉亚家族[1]的时代重现：人们试图在哈德良那里，在他对宏大建筑或盛大葬礼的喜好中，找回永恒的伊比利亚特征。人们相信，在塞涅卡或卢坎的夸张风格或在马可·奥勒留的苦行虚无主义中，看到了一种潜在的西班牙风。我们也不妨反过来询问，这些带有强烈西班牙气质或思想的皱褶，是否是罗马的持久影响所致。但不要忘记，这坚忍的个人主义，这巴洛克式的热情，这统治世界的帝国欲望，只在罗马倾覆一千多年之后，才经由文艺复兴时期的意大利重新引入，再次出现在半岛。总体而言，西班牙从其罗马先祖那里似乎仅仅传承了其最古老、最少受意识形态和文化影响的部分，总之是整个地中海地区及其种族辐射区最普遍的部分，但这一部分在这里比在其他地方更原封不动也更

---

1 波吉亚（Borgia）家族，欧洲显赫的贵族世家，发迹于西班牙巴伦西亚，在意大利文艺复兴时期开始壮大，先后有两位家族成员登上教宗宝座。

鲜明地保留下来：舞蹈令人想起加的斯女子婉转的身形和罗马的放纵享乐；油炸食品、腌肉、生菜、以扁豆和豆类为主的饮食，如马提亚尔[1]或贺拉斯[2]笔下的食谱；竞技场及其血腥游戏；围绕着圣地和圣像而形成的深厚虔信（*religio*）；对享乐和肉体自由的强烈欲望缓和了严厉的家族父权意识；比这一切更重要的还有房舍本身的布局，中庭、天井、喷泉潺潺的庭院。

罗马和平之后是阿拉伯的繁荣；它也持续了大约七个世纪。只是当土耳其浪潮通过一种奇特的平衡现象占领基督教的东方之时，阿拉伯潮流才在西班牙渐渐消退：陷落的格拉纳达隔了四十年之后接替了被征服的君士坦丁堡。也就是说，比起希腊东部的伊斯兰教，西班牙伊斯兰教的优势在于它更接近源泉、起点和伊斯兰教历元年。科尔多瓦附近的阿尔扎哈拉古城宫殿只剩下一堆几乎粉碎的瓦砾，却摄人心魄：这是一个比伊斯兰教更加久远的亚洲，这是阿契美尼德王朝的伊朗，这是波斯诗人为此后被野驴和羚羊占据的皇家宅邸而吟咏的忧伤诗

1　马库斯·瓦列里乌斯·马提亚尔（Marcus Valerius Martialis，约 40—103/104），古罗马诗人。
2　贺拉斯（Horace，前 65—前 8），古罗马诗人、批评家。

句，人们在这些光秃秃的大厅里追忆往昔，面对这印证千年技艺的青铜鹿，还有这些灰垩和残片——对动物形象的痴迷在其中转变为涡旋和叶饰图案。尽管曾被汪达尔人和西哥特人短暂中断，但阿拉伯文化在西班牙往往直接迭加于古代之上：一种文明的艺术，对之而言所有的欢愉、所有的几何学最终完成于人形，它被一种致力于唯一的线条波动的艺术所取代，这些线条伸展、交缠、相互抚触，除自身之外别无表现，如抽象的音乐，永恒的数学沉思。在科尔多瓦，这被穆斯林的热烈、犹太教的精妙和某些经过阿拉伯思想洗礼的希腊概念所哺育的文化温床，这个由炼金术士、代数学家和天文学家组成的民族在清真寺完成了最充分的冶炼、最复杂的方程，以及完全媲美阿维洛伊[1]或阿维森纳[2]的秘密思想。这些低沉的和声是球体的和声。

　　格拉纳达的阿拉伯艺术，更晚近，更阴柔，通过感官诉诸心灵。这样一种线条之柔美取消了一切历史图景：

1　阿维洛伊（Averroès, 1126—1198），哲学家，出生于西班牙。
2　阿维森纳（Avicenne, 980—1037），大医学家、诗人、哲学家、自然科学家，被称为世界医学之父。

对阿本塞拉赫家族[1]的屠杀或布阿卜迪勒[2]的逃亡不值一提，在这些灰墁的折射和星光中，在这些仿佛从珊瑚、洞穴、蜂房借来的穹顶之下，如此深刻自然、远离人类。这近乎植物式的完美不需要风格的统一，不依赖于细节的真实，以一种迷人的温顺忍受一切诋毁：赫内拉利费宫的外饰已剥落，亭台被重建，灌木丛经现代园丁重新打理，但它仍然是其阿拉伯建筑师所希望的、宁静冥想和轻松欢乐的天堂。当我们想到格拉纳达其他被毁灭或坍塌成废墟的宫殿时，我们并不像在面对帕特农神庙的伤痕或置身于一座被轰炸的教堂那样感到苦涩的怨忿：我们接受这些美好之物如水仙花一般盛开又消逝。

安达卢西亚的哥特艺术仍然是一种尚武的艺术，由复地运动植入，从北方带来，如同武装的僧侣。成为本土艺术后，它立即带有了穆德哈尔[3]的印记。它比宗教

1　阿本塞拉赫家族（Abencérage），15 世纪格拉纳达地区属于摩尔王朝的一个显赫家族。1492 年西班牙人收复半岛以后，这一家族大多被迫放弃伊斯兰教，改信基督教，表示效忠西班牙王朝。阿本塞拉赫斯厅之名源自该家族与另一家族的争端，导致 36 名阿本塞拉赫族人在这个厅被杀。
2　布阿卜迪勒（Boabdil，约 1460—约 1533），即阿布·阿卜杜拉·穆罕默德十二世，是格拉纳达酋长国那斯里德王朝的第二十二位即最后一位君主。
3　穆德哈尔，西班牙复国运动之后未曾离开但也未改信的安达卢西亚穆斯林，也可指 12 世纪开始于伊比利亚半岛的结合了伊斯兰教和基督教风格的穆德哈尔建筑风格，其影响力延续到 17 世纪。

和风俗更为自由，接受混杂的结合、乱伦的秘密。塞维利亚大教堂，这天主教信仰的巨大堡垒，将它的大钟安放在它的穆斯林吉拉达里，并在自身最秘密之地保留着它的阿拉伯橙院。但塞维利亚的哥特式不过是证明规则的一个例外：几乎处处都是文艺复兴艺术（西班牙教科书系统性地称之为希腊—罗马艺术）及其巴洛克替代品，它们在安达卢西亚宣告了西方的决定性胜利。甚至在科尔多瓦，尽管早于格拉纳达两个世纪、早于塞维利亚二十年就从伊斯兰教手中收复，对清真寺的破坏却只能上溯到查理五世：该由巴洛克证明的，若非信仰的真理，至少是教规的荣耀。这浮夸炫耀的艺术令观者震撼——当他穿过一系列门拱和柱廊，接近建筑中心之时——并像一枚炸弹，将有关实与空、宇宙之结构、上帝之神秘等有史以来最高贵的沉思击得粉碎。正是在文艺复兴或巴洛克的背景下，宗教裁判所的审判展开了，直至18世纪。正是在一个文艺复兴小教堂里，伊莎贝尔一世在十字军的狂热之后安息。但这文艺复兴和这巴洛克，并不像在意大利那样，是对一种新的世俗生活意愿的确认，一声教皇或亲王的骄傲呐喊。查理五世在格拉纳达的宫殿，就其自身，而不是与被它毁灭的阿尔罕布拉宫的关系而言，是文艺复兴建筑最美的范例之一，但其峻切与生硬远远超出赋予它灵感的罗马或佛罗伦萨宫殿；白白浪费了其借自儒略教皇的罗马别墅的设计；二者的相似度并不大于披甲者与身穿绸缎者的相似度。一种停留于中世纪的思维充满了这些意大利化的教堂，在那里我们习惯于只在其他国度寻找一种完全人性化的宗教修辞；尘世荣耀之虚无在那里通过反语呈现，就像在这敞开的赤裸墓穴，这类似停尸所之地，里面并排放置着四具生锈的棺材，在格拉纳达，在天主教国王的奢华墓葬下。

塞维利亚小教堂的内部充盈着与拜占庭小礼拜堂相同的黑色与金色营造的私密感，前者直接继承了后者，在这片曾先后由汪达尔人的阿里乌斯教派[1]和伊斯兰教占据的土地上。而且，细节的无限重复，形式的繁多，神形与人形无所不在的多样性，时常让人更向往印度教寺庙，而不是罗马的大教堂。巴洛克，暴烈的艺术，其

---

1 阿里乌斯教派（Arianisme），又译亚流派，是 4 世纪亚历山大港正教会的包加里教区长老阿里乌及其支持者的基督徒派别。

诞生便是为给民众带去深刻印象，在此表现出的不仅是一个沉默寡言的种族走向浮夸：它成为一个民族的正常表达，这个民族今后习惯于极致的紧张，因为它已脱离了阿拉伯和穆德哈尔艺术的抽象冷静，希腊—罗马艺术的均衡对它也已变得完全陌生。安达卢西亚生活中最为巴洛克的表现也最深深植根于基督教的中世纪或更久远的非基督教古代：盛大的斗牛游行；斗牛士服装上的刺绣常常撕裂、血迹斑斑，经由塞维利亚一间服装作坊里的小手缝补；圣体圣血节上舞者的服饰，拿撒勒人耶稣被当众鞭笞，他的紫色长袍，像血浪一般从人群头顶上拖过；圣周六的银器和灵柩台。

塞维利亚的绘画（在这项名目下可以归入出生在塞维利亚的画家，如牟利罗和巴尔德斯·莱亚尔；在塞维利亚学习的画家，如委拉斯开兹；或在塞维利亚成就职业生涯的画家，如苏巴朗）完全集中在一个世纪之内，即 17 世纪，但它实际上是赫斯珀里得斯的成果。这些画家因其个性化的抒情主义或无情的写实主义而被捧上云霄，但他们在很大程度上是意大利艺术的仿效者：他们的作品中没有任何东西不是威尼斯画家或卡拉瓦乔已有的，没有任何东西，当然除了气质和无可模仿的韵味。他们钟爱的主题是典型的西班牙主题，见证了17世纪艺术家或西班牙赞助人的品味；但他们仍然追随欧洲反改革运动的艺术大潮，如宗教情节剧、贵族主顾或教会人士的肖像以及风俗画或受北方艺术启发的静物画。但一种传承自中世纪的热情仍然是西班牙宗教画中圣徒或圣女形象的底色，这些形象在别处则充满了浮夸的雄辩或肉感的柔软。在肖像画中，西班牙画家是个体化，意大利画家则是人性化：16世纪一幅伟大的意大利肖像画是对于美、野心、青春激情的沉思，甚至是对于老年和狡诈的沉思，如提香画的保罗三世；这些独一无二的存在却表达出超乎其自身的东西；他们身上包含着该族类最高贵的追求或最隐秘的罪恶，那是一个永恒主题的过渡时刻。在这里，与此相反，西班牙深厚的基督教和深刻的现实主义结合起来，将一种悲剧感的尊严和独特性赋予了这个驼背、这个贫血的女婴、这个浑身虱子的人、这名卡拉特拉瓦的骑士，为他们烙下了他们将一直带进坟墓的个体特征，他们被封闭在一具躯体之内，在那里必将遭受天谴或获得拯救。即使在最伟大的艺术家那里，比如委拉斯开兹，他看起来天才地从我们与当下和物体的永恒冲突中得出了一些经典的结论，一些我们猜测是普遍的教诲，其意义因显明而对我们保持神秘，就像我们在生活中遇到的每个个体，其秘密与存在的理由对我们始终保持神秘。没有什么比这被宗教意图哺育的艺术更不具有形而上学意味的了：巴尔德斯·莱亚尔的这幅作品，牟利罗说它散发着恶臭，它为我们表现的不是死亡，而是一具尸体，这尸体即是一幅肖像。牟利罗的圣伊丽莎白不是慈善的象征：这是一个为疥疮患者清洗的女人。在苏巴朗或阿隆索·卡诺笔下迷狂状态的圣徒形象中，显现在我们面前的不是享见天主的福象，而是得见异象者的目光。这对个体的执念标志着西方对东方的决定性胜利；与此同时，巴洛克的奢华抹去了阿拉伯或穆德哈尔艺术最后一丝精致的痕迹。但古典人文主义某些完整的领域对西班牙绘画将仍然是陌生的，例如，裸体的荣耀。在这个被基督教偏见，以及更隐秘地，被东方旧习俗主宰的国家，委拉斯开兹的《镜前的维纳斯》是一件反潮流的杰作，它也许仍过分沉溺于细节、偶然和即时性，不会沾沾自喜于纯粹的形式之歌。戈雅的

《裸体的玛哈》完全没有安达卢西亚气质，但不会让一名塞维利亚的雪茄女工感到惊讶，而其不匀称的迷人身体却可归入个体写实主义的传统。即使是牟利罗笔下小乞丐的金褐色肉体也与其褴褛的衣衫不可分割，这衣衫仿佛就是其实质的一部分。

在风俗画或静物画中，安达卢西亚学派以这同样典型的西班牙写实主义令人印象深刻，而为了赋予这个词全部的力量，也许必须回归其在中世纪哲学中所拥有的辩证意义。不是本质或理念，而是物。不是伦勃朗或苏丁式的对于物质秘密的幻梦的沉思，不是维米尔式的近乎神秘的视象，也不是夏尔丹或塞尚式的智性的和形式的重构。而是物体自身，这条鱼，这个洋葱，这株石竹，这只橘子旁边的这枚柠檬。此外，人们很少注意到，塞维利亚学派这些强有力的写实主义画家只为他们的国家塑造了唯一的形象，它确实超乎寻常地强烈，但仅限于西班牙某些几乎萦绕不去的方面；塞维利亚的慵懒或轻盈几乎不存在。戈雅勾勒出散步中漂亮的（也有丑陋的）马德里女子或朝圣路途上的喧闹，以他描绘某个事件或公共广场上一场冲突时同样清晰的线条，但直到戈雅之前，西班牙绘画罕有尝试自由地表现室外光天化日下的生活。相较塞维利亚黄金时代的画家对塞维利亚而言，弗拉芒、佛罗伦萨或威尼斯画家分别让我们更多地了解到了他们那里的天空和街道的气息。

*

有些国家年轻时便夭折或停滞不前了：在其短暂的生机勃发之后，一切都进入苟活或复兴的阶段。帝国的冒险，新世界唾手可得的黄金，为从血管中挤出直至最后一滴犹太人或摩尔人的血液而令自身失血：西班牙从未从这一切痛楚中愈合。安达卢西亚尤其承受了这种为本民族的卡斯蒂利亚[1]理想而惹下的刑罚的痛苦。西班牙传奇和意识形态原本是卡斯蒂利亚的：安达卢西亚消融在基督教的西班牙这火热的合奏中，仅为其添加了几个或神秘或肉欲的感人变调。几乎所有变调都以求索为主题：这些历史和传说的形象都以 *quero* 这个强有力的

1　卡斯蒂利亚（Castille），西班牙中部地区，此处泛指西班牙。

词定义，它同时意味着爱和寻找。疯女胡安娜[1]沿途跟随一具棺椁，预备着她的死亡；圣十字若望[2]倚在窗前，面对内华达山脉和格拉纳达维嘉的绝美风景，将这些星光下隐约可见的形象从心灵驱逐，在夜里寻找上帝；米格尔·马尼亚拉[3]在圣十字区街上追逐一个个女人，直至身穿穷仆役的衣服了结生命，大约已忘记了埃尔薇拉忧伤的声音；距我们更近的是不知餍足的伯利兹夫人和无情的贝尔纳达。美丽的图像，民族经验中或多或少的孤立的事件，它们尤其为我们展示出一个民族自认为在自身发现的本质。这诗人的土地，仅仅在昨天加西亚·洛尔卡[4]还曾用他的鲜血浸润。诗人的土地，特别在于它曾在远方被无尽地热爱和重新创造，在阿拉伯诗人为失去的格拉纳达哀叹的怨诉中，也在山海之外

---

1 胡安娜（Juana I de Castilla，1479—1555），人称疯女胡安娜（Jeanne la Folle），1504 年为名义上的卡斯蒂利亚女王，1516 年为阿拉贡女王。她被宣布精神错乱，囚禁于托德西利亚斯王宫内，直到死亡。
2 圣十字若望（Jean de la Croix，1542—1591），反宗教改革的主要人物，西班牙神秘学家，加尔默罗会修士和神父，被列为天主教教会圣师，其作被认为是西班牙神秘文学的巅峰。
3 米格尔·马尼亚拉（Miguel Mañara，1627—1679），塞维利亚贵族，塞维利亚慈善医院的创立者，传说是提索·德·莫利纳（Tirso de Molina）笔下人物唐璜的原形。
4 费德里戈·加西亚·洛尔卡（Federico García Lorca，1898—1936），西班牙作家、诗人、剧作家。

西方诗人的诗篇中。为让米格尔·马尼亚拉成为并始终是唐璜，为在人类渴求不可能的历史中，使安达卢西亚骑士的追爱之旅与堂吉诃德充满英雄气概的卡斯蒂利亚的求索相对应，要有提索·德·莫利纳，更要有莫里哀、莫扎特、拜伦以及巴尔扎克的某篇故事、波德莱尔的某些诗行，以及，如今亦然，蒙泰朗某部悲伤的滑稽剧。

我们开始理解这个国家何以令我们感动，有时又令我们震撼：与现实的直接接触，物体的毛重，强烈而简单的情感或感受，古老而常新，如树皮或果肉那般坚硬或柔软。这片备受颂扬的土地是奇妙的处女地，不曾沾染任何文学技法；就连某些诗人的矫饰也不影响它。这片涌现诸多杰作的土地并未像意大利那样即刻被视为得天独厚的艺术国度，但生命在那里就像血液在血管中一样搏动。很少有国家遭受过更多宗教、种族和阶级战争的摧残；我们能够承担如此多的无法平息的愤怒的回忆，因为这些愤怒在我们看来比其他地方更赤裸、更自发、更少虚伪，而且当他们承认作恶的快感时几乎是无辜的。没有哪个国家更被一种常常倾向于偏执和不宽容的强硬宗教所支配，但也没有哪个国家更让人感到在礼拜的锦缎或教条的重压下透露出的人性热情；没有哪个国家更受束缚，但也没有哪个国家更加自由——这由盘剥、贫困、冷漠、对生活的兴味和对死亡的蔑视所构成的粗粝而至高的自由。试列举我们的至乐：格拉纳达很美，但这彻夜鸣唱的夜莺，这鸟儿鼓胀着歌声的褐色胸脯教给我们的关于阿拉伯诗歌的东西，与阿尔罕布拉宫殿的铭文教给我们的一样多。在加的斯，在海边，在那些也许曾是赫拉克勒斯庙宇的被淹没的石块中，这个有着褐色双腿的男孩，像他褪色的旧衣一般的浅蓝色海水一直淹到他的大腿，他只关心捕鱼的得失，而他给我们带来的感动不亚于在水边发现的古老雕像；这位半盲的老修女指给我们她自己看不到的慈善医院的画作，她在我们的回忆中与画中形象并列；一位张开双臂祈祷的孤独女子，其在场似乎便构成了塞维利亚大教堂之所以如此巨大宏伟的原因或理由。还有更微小的，或许更好的：我想到这两个身穿条纹毛衣躺在路边的农民；肉铺门口的推车里这堆被宰杀的羊，满满呈现出死亡的不堪和直白；这些被一个小乞丐温热的手揉皱的微微潮湿的花朵；桌上这块面包，一只苍蝇鬼鬼祟祟地在上面飞舞；这只喷溅出粉色汁液的石榴[1]……

1952

---

1 "石榴"寓指格拉纳达，因为在西班牙语和法语中，"石榴"和"格拉纳达"是同一个词。

XIV

奥皮安[1]或《狩猎诗》

---

1 奥皮安（Oppien），指阿帕米亚（Apamée，古希腊和古罗马城镇，位于今叙利亚）的奥皮安，也称叙利亚的奥皮安，3世纪初生活在罗马帝国叙利亚行省的诗人，著有关于狩猎的教诲诗《狩猎诗》（Les Chasses 或 Les Cynégétiques）。人们常将他混同于撰写过一部关于捕鱼的作品的科律克索（Corycos，安纳托利亚的一座古城，现位于土耳其）的奥皮安。

XIV

Oppien ou les Chasses

奥皮安的《狩猎诗》属于以诗体写成的教诲作品[1]，这类业已消亡的体裁在整个古代备受尊崇。关于其作者则莫衷一是。真正的奥皮安似乎出生于希腊奇里乞亚，只在康茂德的时代写下了一首关于捕鱼的诗，关于狩猎的诗则是由另一位希腊诗人接续完成的，后者出生于奥龙特斯河畔的阿帕米亚，与卡拉卡拉皇帝同时代[2]。但对于16世纪中叶将《狩猎诗》翻译成法文的弗洛朗·克莱斯蒂安[3]，以及文艺复兴时期的所有人文主义者，特别是在其对马的著名描述中不吝模仿《狩猎诗》的布封本人来说，这两位诗人就是同一个人。但无论如何，《狩猎诗》在很长时间里尤其著名。

教诲诗在中世纪仍然风行，一直持续到文艺复兴时

---

1 教诲作品是古希腊—罗马的一种文体，意在传播某一领域的知识，如农业、天文、狩猎、马术、自然、诗歌、哲学、修辞、科学等，也往往试图传达某些道德或哲学的教导。最早的教诲诗是古希腊诗人赫西俄德的《劳作与时日》。
2 卡拉卡拉（Caracalla，186—217），罗马皇帝（211—217 年在位）。
3 弗洛朗·克莱斯蒂安（Florent Chrestien，1541—1596），法国讽刺作家、诗人。

期，甚至直到 18 世纪，不仅是出于用诗歌的全部文学资源美化一个主题的乐趣——同时利用其丰富的专门词汇，也作为一种严肃的教育手段，甚至也许作为一种记忆术——当然诗歌或多或少一向如此。拜占庭时代的文人和狩猎爱好者们继续从这《狩猎诗》中获得乐趣和教益，这部诗流传至今，要归功于散落在欧洲各地图书馆里的二十几部手稿。我们热衷狩猎的亨利二世酷爱奥皮安，于是命人制作了一部书法抄本供自己使用；在这个印刷文字已占上风的时代，这大约是鹅毛笔和羊皮纸最后一次为一位希腊诗人派上用场。我们可以猜想，瓦伦蒂诺瓦公爵夫人[1]，这位 16 世纪的狩猎女神狄安娜，其纤纤玉手曾或多或少漫不经心地翻阅过奥皮安的这部王室抄本。

出于肉食需求和抵御大型野兽的必要性，狩猎成为最古老的一门艺术，也是一种激情。人从中寻求满足自己对危险和体力壮举的癖好，也用来满足他的虚荣与狂妄，特别是他与生俱来的凶猛。升格为城市人之后，他

1　瓦伦蒂诺瓦公爵夫人（Duchesse de Valentinois），即黛安·德·波迪耶（Diane de Poitiers，1499—1566），法国宫廷贵族，亨利二世的情妇。

ἱ ὡς ἐὰν τὲ τῳ σπείδε ἐδέξιος ἀίρα ἤει·
πᾶς γὰρ γ ἡμιόῳ θᾳ πᾳ νημαίοισι δρόμοισιν·
Εἴαρι φυλλοτόκῳ, ἠ φιλορέῳ φθινοπώρῳ
Ὅζοι σ χλοέδοσι, ἠ ἵπποις κ μερόπεσσι·
καὶ χυσὶν ὡμηστῆσι, δεῖν ὁ κραιέες θέσεν·
Εἴαρι χευσόῳ χευερῷ νεφέων χαίηει·
Ὁπότε τὼ πανσπόροισι θάλει πλέοσι δημασῳ·
ἀργυφα ἱ δναμιῳοισι χιονσπτερύγων ὅπλα νιῴν·
Ὁπότε γαια βεθοῖσι φυληκηκέοσι γέγηθεν·
Ὁ πότε ἡ κλμύκεατι ἠ δνδεσιν ἐχμαλαγῃ·
ἠ πλήιν ἐφ αιθδὼν ὀπωρινῇσι θθηοῖσιν·
ὡικινα δνωμα ἑ ἐθηζεν ὀπωρολόγοιο γεωργοῦ·

在狩猎中找到了能够常常再次投身于野性生境的机会——他在内心深处对此从未停止过怀念。驯兽的智力快感使这些暴力游戏更加饶有趣味；马匹和猎犬，有时还有猎禽也加入进来。他从中习得诡诈，历练坚忍，也常常大兴盛宴。他始终将神圣感混入其中。圣于贝尔（这位圣人的传说本该让所有基督徒对狩猎感到厌恶）弥撒时的号角延续了一个传统，可上溯到史前巫师以魔法目的而绘的动物图画，以及部落在出征狩猎前夜的祈祷。

古代艺术和诗歌广泛地从这个世界汲取素材，其间充满动感，呐喊，兽皮与兽毛，张开的网和挥舞的长矛，晃动的树枝，英勇的裸体和飘拂的帷幔。伊特鲁利亚墓葬中的渔猎壁画上，艺术家以一种超前的印象主义表现出 25 个世纪前的一个清晨，古铜色的身体在空气和水中移动的感觉；麦莱亚戈[1]的捕猎画面高贵地呈现在希腊石棺的侧面；在意大利硬币上赫拉克勒斯与狮子搏斗；狄安娜跃入灌木丛的雕像上，身边是她的牝鹿。欧里庇得斯为我们描绘出一幅希波吕忒狩猎的浪漫图景，树林

1　麦莱亚戈（Méléagre），古希腊神话人物，《荷马史诗》中的著名英雄。

的芬芳和森林里采摘的野花掩盖了野兽的气味和血迹；阿里斯托芬提及雅典附近百姓简朴的打猎活动；维吉尔大约想到了当时贵族奢华的娱乐，当他为我们展示狄多为埃涅阿斯提供的一场围猎时，其时坠入情网的女王与英俊的异乡人迷失在一个洞穴里。但对于这项最古老的体育运动的这些表现，对古典时代而言，仍然主要是传奇的英雄时代的回归，或单纯对民间生活现实的一瞥；在希腊，人们更愿意强调角力场上的欢乐，在那里人的同伴和对手只是人；在罗马，伟大人物主要被表现为在履行其公共职责。无人为我们展示伯里克利猎杀山鹑或奥古斯都追逐野鹿的景象。

在奥皮安的时代，一切都变了。对森林的怀念感染了罗马或安条克的炽热街道上的市民，与那个时代的浪漫主义，以及更多的物质主义，合力将这项奢华狂野的运动重新推向前台。竞技场上的宏大表演中，数以千计的野兽在模拟狩猎中丧生，这些表演为平民带来的欢乐，堪比达官显贵或像奥皮安本人那样的大地主向其在亚洲或非洲、高卢或西班牙的领地索取的欢乐。早在一个世纪之前，雕刻家们就表现了哈德良与其男宠安提诺乌斯并驾纵马追逐熊或野猪，或将他们刚刚猎杀的利比亚狮子踩在脚下。后来，康茂德在罗马斗兽场上当众猎杀狮子。成长在边境的卡拉卡拉本人，在蛮族仆从的陪伴下学会了这危险的游戏。一百年后，一名驻扎在日耳曼森林边缘特里尔的百人队长，吹嘘自己在六个月间杀死了五十头熊。经由这场重大的变化，此后吸引人类想象力的不再是人，而是野兽。它们在当时的镶嵌画上比比皆是，以其伸展或跳跃的姿态装饰着希腊—罗马房屋的地板。奥皮安的作品提供了一份令人惊异的野生动物名录，从狮子到野驴和瞪羚，从大象到熊，从老虎到河马和鳄鱼。一股已然野性的气息掠过这帝国的末期。就好像这个储备燃尽的文明眼看着自己长久以来试图征服或遗忘的林梢和沙丘、荆棘和荒野渐渐扩大逼近。

16世纪时，弗洛朗·克莱斯蒂安，王室图书馆的管理人，出色的人文学者，亨利四世的老师，翻译了奥皮安的《狩猎四书》。这位饱学之士还是《梅尼普讽刺集》[1]

---

1 《梅尼普讽刺集》（*La Satire Ménippée*）是一部集体创作的混合散文与诗歌的法语讽刺作品，出版于1594年，标题沿用了古罗马学者瓦罗（Varron）的拉丁作品 *Saturæ Menippeæ*，梅尼普之名则取自公元前3世纪古希腊擅长讽刺的犬儒派哲学家梅尼普。

的撰稿人之一，这证明那个时代的尖酸和过火也有他的一份。他选择翻译奥皮安，部分反映了其有权有势的保护人的品味：此书献给爱好狩猎的纳瓦尔的亨利。每个不单是译匠的好译者都会对原作有所转换，即使其本意并非如此：高贵的希腊六音步诗如同鬃毛飞扬的骏马，弗洛朗·克莱斯蒂安则代之以他的亚历山大诗体，节奏略显急促，诗行你追我赶，韵脚形成对偶，就像草丛中两两撒开的猎犬。奥皮安精妙地运用一种业已老去的语言和文学财富，克莱斯蒂安则游弋于一种语言最朝气蓬勃时的青春源泉：他的译作成为古老的法兰西狩猎艺术的一部优美的术语汇编。况且，无论他做什么，弗洛朗身后都是中世纪从未间断的千年狩猎史，有狼人和仙鹿出没的森林世界，诱人而狂野，充满了被农民诱捕、被我们国王的随从追逐的野兽。他未曾亲眼见过奥皮安的同代人所熟悉的非洲和亚洲的大型野兽；他最多在卢浮宫的地洞里端详过笼中瘦弱的狮子。因此他忍不住要赋予这些对他而言半传奇的生灵以一种纹章图案或动物志的奇光异彩。另一方面，他的鹿，他的狍子，及其绿草如茵的背景，如同彩饰字母或挂毯上的狩猎场景一般充满魅力。恍若英俊的佩科班[1]的魔幻狩猎故事穿越时空，卡拉卡拉时代的皇家猎手现身于枫丹白露的森林。

让我们欣赏这些流传至今的古老书籍吧，它们是由怎样层层叠叠的思想、经验和劳作构成。一位约在第二百四十五个奥林匹亚德[2]时期生活在亚洲的希腊诗人的作品被一位文艺复兴时期的学者于 1555 年在巴黎编辑出版。古老的羊皮纸卷以红绸包裹，卷在一支象牙棒上，经由中世纪手稿，变成了用希腊文印刷的书册，辅以克洛德·加拉蒙[3]刻印的优美字体——他复制了国王的书法家、克里特人维尔热斯[4]的字体。两个拉丁文版本同年出版，随后是弗洛朗·克莱斯蒂安 1575 年的法文版本。但是，请翻阅这部文本，您将感到自己脱离了日期和历史，进入了一个这样的宇宙——它知晓昼夜交替、四季流转，但对世纪的时钟一无所知。就是这个世界，

1　英俊的佩科班，出自雨果出版于 1842 年的文集《莱茵河》中的一篇故事《英俊的佩科班与漂亮的波尔朵的传说》（*Légende du beau Pécopin et de la belle Bauldour*），讲述猎手佩科班的传奇故事。
2　奥林匹亚德（Olympiade），古希腊纪年法，指两次奥林匹亚竞技之间的四年间隔。
3　克洛德·加拉蒙（Claude Garamont，约 1505—1561），法国字体设计师、出版者和活字冲压师。
4　克里特人维尔热斯（Crétois Vergèce），即昂热·维尔热斯（Ange Vergèce，1505—1569），出生于克里特岛，先后活跃于威尼斯和法国，是一名以撰写和教授书写为业的书写师（maître écrivain）。

比我们更古老也更年轻，每个黎明都是新的，人类从身穿短披风和紧身衣的狩猎时代起就在伤害和破坏它，而那时的猎人至少还有理由这么做，因为他们相信自然资源取之不尽，我们则不再有这个借口，可我们不仅继续毁灭动物，而且竭力摧毁自然本身。就是这个世界，我们在每个清晨走出房门置身其中时都心跳不已，当我们瞥见一头在树林边缘游荡的狍子，或一只在草地上玩耍的小狐狸。看这沙地上的蹄印和爪痕，黄昏时被舐饮的水，枝叶下闪亮的瞳孔，森林中发情的兽侣。看看种类繁多的犬只；看看这马群，人类忠勇的仆从。看这无辜的狮子，安详地撕咬着它的猎物；看这头站立的鹿，它伸直脖颈保护着鹿群，在白蒙蒙的晨雾中通体黑亮……

1955

XV

隔离的文明

XV

Une civilisation à cloisons étanches

我们每个人都曾怀着恐惧与厌恶在中世纪绘画或 17 世纪版画上看过在公共广场处决犯人的景象。我们中的许多人也曾在西班牙或东方的某座小城，几欲作呕地快步走过当地的肉铺，那里苍蝇乱飞，动物的骨架仍然温热，被拴着的活物面对死去的动物发抖，街道沟渠里流淌着污血。属于我们的文明则是隔离的文明：它保护我们免于看到此类景象。

在拉维莱特[1]新屠宰场的 2 号生产线上，牛犊和被猛摔下来的成牛，在完全清醒的状态下被挂起来等待屠宰，这样可以让整个过程更快些（*时间就是金钱*[2]）。这套程序确实被禁止了（根据 1964 年 4 月 16 日的一条法令），但这并不妨碍它因有利可图而仍被使用。我们的新屠宰场（毫无疑问是美好的技术成就，如我们所见拥有全部完善

---

1 拉维莱特（Parc de la Villette），位于巴黎 19 区，现为巴黎市区最大的公园之一。1974 年前这里曾是一个聚集了大量移民的屠宰场和交易市场。
2 原文为英文（*time is money*）。

设施）有厚厚的墙壁：我们看不到这些生灵痛苦的挣扎；我们听不到它们的惨叫——就算是最狂热的牛排爱好者也会难以忍受这样的惨叫。不必担心公众良心会影响到人们的消化。

奥斯卡·王尔德在什么地方写过，最大的罪恶莫过于缺乏想象力：人不会同情他没有直接经历或未曾亲见的痛苦。我常想，闷罐车厢和集中营坚固的围墙确保了反人类罪大规模长久地发生，而如果发生在众目睽睽光天化日之下，它们本可更快终止。中世纪和伟大世纪[1]在公共广场上行刑的习惯的确使某些看客产生了耐受力；然而，其中总有人，就算没有高声抗议，也会产生恻隐之心，他们的低语终将被听到。我们时代的刽子手们则采取了更为谨慎的手段。

"可是什么，"读者叫起来，他已开始感到恼火或好笑（有些读者动不动就感到好笑），"只不过是牛犊和母牛罢了，光这称呼就够滑稽的，大家都知道，而你们竟敢说对它们犯下了最严重的反人类罪。"是的，大约就是如此：数以千计鲜活的生命所承受的任何暴行都是反人

---

1 伟大世纪（Grand Siècle），指法国 17 世纪路易十四统治时期。

类罪，都使人类更多些冷酷和暴虐。不幸的是，恐怕我们法国人无法立即中止越南战争，阻止在印度支那的土地上使用落叶剂，或治愈印度和巴基斯坦的创伤。但我相信，我们可以做些什么以尽快结束2号生产线上的梦魇，比如借助另外一条线路，即电视频道的线路。我衷心呼唤一部充满鲜血和哞哞叫声的极端真实的恐怖片，它也许会取悦少数施虐狂，但也将引发数千场抗议。

我在数年前写过一个名叫泽农的人的生活，这当然是一个想象出来的人物，他拒绝"消化垂死的动物"。谨以他的名义，我写下这些话。

1972

XVI

怛特罗[1]心法

---

1 怛特罗，也称怛特罗主义、怛特罗密教，是笈多帝国时期由中印度地区开始盛行的一种神秘主义运动，出现在 5 世纪之后，对佛教与印度教的影响最大。

XVI

Approches du Tantrisme

《力量瑜伽》[1]

1952年，在佛罗伦萨的一家书店，我偶然买到了意大利原版著作《力量瑜伽》，几年后这本书被译为法文，更审慎地以《怛特罗瑜伽》[2]（*Yoga tantrique*）为名。关于作者，尤利乌斯·埃佛拉[3]，那时我甚至不知其名。我后来对这部书有所保留，但除此之外我当时获得的是这样一部著作：它在多年间滋养你，并在某种程度上改变了你。

像许多法国人一样，我首先是通过亚历山德拉·大卫-尼尔[4]的《西藏的密教徒与术士》一书对怛特罗教略

---

1 原文为意大利文（*Lo Yoga della Potenza*）。
2 法雅出版社（Fayard），1971。——原注
3 尤利乌斯·埃佛拉（Julius Evola，1898—1974），意大利哲学家、文学家、画家，传统主义学派重要成员。他的哲学以唯心主义和神秘主义为核心，其著作主题涉及赫密士主义、性的形而上学、怛特罗教、佛教、道教、登山、圣杯、文明的本质与历史、东西方各种哲学传统等。
4 亚历山德拉·大卫-尼尔（Alexandra David-Neel，1868—1969），法国著名女探险家、记者、作家、藏学家、东方学家、歌剧歌手、共济会会员。她是一位佛教徒，在1924年作为第一位进入西藏拉萨的欧洲女性而闻名。1929年在普隆（Plon）出版社出版《西藏的密教徒与术士》（*Mystiques et magiciens du Tibet*）。

有管窥。很久之后，希腊和东方学者加布里埃尔·热尔曼[1]在一部少有人读的类似精神生活回忆录的著作《内心的目光》[2] 中说到，他年轻时读过大卫-尼尔此书，获益匪浅。这位聪慧勇敢的女子在自己的游记中加入了关于一些奇异国度的描述。无论我们是否相信她所说的一切，她都好像牵着我们的手引领我们抵达那些洞穴的边缘，我们清晰地感到，倘若敢于探险，我们也可凭自身发现它们。此间我读过一些相关的学术著作。我了解到印度教怛特罗与佛教怛特罗的区别（其相似处大于不同处）；我大约明白什么是曼荼罗（mandala）、曼怛罗（mantra）、手印（mudra），以及印度教神祇和藏传佛教神祇之间的一些对应关系。埃佛拉的作品在某些方面在我看来颇不可信，但它仍带给了我更多：对一种方法的阐述。

其他比我更有资格的方家将重新审视整个佛教怛特罗。非常粗略地来说，这是一种精神操练的方法，其基础是一种心理学，我们完全有理由称之为深度心理学，

---

1 加布里埃尔·热尔曼（Gabriel Germain，1903—1978），法国作家。
2 瑟伊出版社（Seuil），1968。——原注

它正像历来如此的那样，有意或无意地建立在一种玄学之上。

西方无可弥补的错误之一，很可能是将复杂的人类实体以灵魂—肉体的逆命题形式加以概念化，随后只有通过否定灵魂才能摆脱这一命题。另外一个同样可悲且日益严重的错误，是把求得内心完善或解脱的努力想象成只是有利于个体或人格的发展，而不是抹去个体或人格这两个概念，以利于存在或超存在的概念。更有甚者，对于西方人而言，完善与解脱似乎是相互激烈对立的，而不是代表同一现象的两个方面。对怛特罗瑜伽的研究有助于修正这样的错误，也就是说一名善于接受的读者可以从埃佛拉的概论中获益良多。

在禅宗，顿悟相当于一种仿佛突然感到的震动，尽管要经由或多或少的漫长等待，与此相反，怛特罗的觉悟是渐进的，要求不间断的修行。信徒须达至最大的注意力，而其自身若无最大的宁静则是不可能的：一个动荡的表面无法反射。

埃佛拉所传达的方法，以及与之伴随的复杂的因果决疑论，在我看来不仅对于精神生活，而且对所有官能

的运用都是如此重要，因而我不知道还有什么人类状况
是它们所无法改进的，无论是行动家、作家还是单纯生
活的人。对怛特罗不甚了了的人通常主要关注其色情方
面：埃佛拉用详细的分析表明，色情在何种程度上构成
了一个体系的组成部分，在这个体系中须调动并修炼所
有的力。我们所处的领域是神圣的，与性用品商店[1]截
然相反。

怛特罗的性爱方法并不像道教那样，用来保障人的
精力和长寿，也不像《爱经》[2]那样，代表一种性爱的保
健；它们更致力于肉体结合的神圣化，这是西方从未了
解或从未想要接受的。它通过一系列相继的禁欲和释放，
将性爱融入一种圣婚(*Hiérogamie*)，这确乎是一种圣婚，
但唯一的前提是相爱者意识到这一点。通过目光、声音、
抚触及最终身体的结合，在肉欲高潮之前逐渐缓慢地获
得亲密感，这在我们这里几乎只有通过一系列幸运的巧
合，并在有能力将此种静止视为步骤而非阻碍的两人之

---

1 原文为英文（*sex-shops*）。
2 《爱经》(*Kama Sutra*) 是古印度一本关于性爱的经典书籍，相传是由一位独身的学者伐蹉衍那所作，时间大概在 1 世纪和 6 世纪之间，很可能在笈多王朝时期。

间才有可能实现。与怛特罗教完全相反，在我们的世界，性风俗的解放并不伴随着对肉欲的重新评价，至少从我们时代的电影、媒体广告和文学来判断，*Maithuma*[1]，即神圣性交，还远未进入公共领域。

为扫除某些误解，还须对怛特罗大师主张使用的一些音素加以讨论（即便不是所有，但几乎所有这些音素都是流行于印度教和佛教不同派别的梵文曼怛罗）。而且更应该尽量去解释对未说出的音素的运用，它们由朝圣者出钱刻在石头上，或磨印在转经轮上。对于已丧失了其古老宗教习俗的欧洲来说，这种做法似乎是纯粹的迷信。一方面它们确是迷信，但在我们这样一个政治宣传和商品推销借助近乎催眠性的口号强加于人的时代，我们不该忽视这一点，即重获宁静、全神贯注、解放身心，这些亦可得益于升华灵魂的用语。一个喃喃念经的老妪不会让我们感到高度神圣感；但是让我们这么想，诗歌本身也是或曾经是由近乎魔咒的声音和节奏的重复构成的，在它更接近其神奇起源的时代。直白的感叹、咒骂或下流话常常被过分滥用，以至于其含义甚至不被觉察，

---

1 Maithuma，是密宗性爱的梵文术语。

它们像曼怛罗一样可以让说话者放松或平静下来。而且我们知道，至少在自我控制的第一阶段，专心重复某一用语能够中止混乱的意象流动，这些意象将精神裹挟，却无法将之带往任何地方。

只要听过祭司吟诵梵文怛特罗的人都知道，它是如何像同心波一般在人群中扩散开来，使听者沉浸在声音的神秘氛围当中。从前教堂里的拉丁文祷告也是如此，其声音现象看来是通过事效（*Ex Opere Operato*）[1] 发挥作用的。在我们的时代，物理学使振动成为一门科学和一项技术，但我们不应否认话语为其自身发声的能力，在此观念中，曼怛罗与圣约翰口中的道（*Verbe*）合而为一。

面对在这片与我们不同的肥沃的精神土壤上发展起来的技术，第一种态度是出于对异域情调的蔑视与不信任而将之全盘摒弃。同样有害的第二种态度则恰恰是被这异域情调所吸引。埃佛拉的一个伟大功绩是，他在丰富的细节之外，天才地把普适于我们所有人的思想与戒

---

1 事效是罗马天主教神学概念，指圣礼的功效在于基督的工作和应许，人只需正确地举行圣礼。与之相反的是"人效"（*Ex opere operantis*），即圣礼之功效全在于施礼的神父或受礼的信众的德行。

条从当地的限定条件中分离出来，甚至取消了异域情调这一概念。正如荣格在为《西藏度亡经》[1] 所写的序言中对类似主题进行了高度精练的概括，埃佛拉的《怛特罗瑜伽》和他研究中世纪释经传统的几乎同样丰富的作品，都至少在表面上指向与现代心理学同样的方向，但荣格也指出了两者之间的几点本质区别，这是埃佛拉也会愿意大声指出的。

在我们这个天真地拒斥一切修炼的时代，《怛特罗瑜伽》的研究因其注重心灵修炼而尤为有益。另一方面，归功于对一种仪式的生动内容以及该仪式所涉神话（我尤其想到一些次要神灵的显形和死后的显灵）的清醒分析，这本书以及出自同一领域学者的其他几部著作使我们有可能理解，乃至在某种程度上认同我们自己的仪式和我们自己的神话，而这可能性之前似乎已被世纪初狭隘的理性主义永远消除了。

对怛特罗的研究使我更加接近而非远离了基督教思想。它也并未使我远离如今或多或少被含混地称为人文

---

1 《度亡经》（*Bardo Thodol*），即《西藏度亡经》，作者为 8 世纪高僧莲花生大士。该书由西藏喇嘛达瓦桑珠及其美国弟子温慈博士编译为英文，于 1927 年出版。1935 年心理学家卡尔·荣格为之撰写前言。

主义的思想，不仅因为怛特罗心法的精确性和判别逻辑在本质上是智识的，也因为，试图认识或控制我们自身的力，这将永远不会违背人文主义观念。

怛特罗心法是心理的而非伦理的：它关乎的是截获力量，而非获取美德。这里容易产生严重误解。

事实上，普鲁斯特以其惯常的敏锐记录过这一现象，几乎所有的德行，即便是善，也首先是能量。这些就此释放的力如同电流，能够电击一个人，也能照亮他的房间。怛特罗瑜伽是印度教瑜伽的顶点，在藏传佛教中更添加了一些萨满教的元素。无论如何，其玄学要么属于非二元主义的印度教，要么属于倡导解脱和对众生慈悲的佛教。经心灵修炼而获得的力量，任何将其挪用于贪婪、傲慢和权力欲的做法都不会使其失效——无论它们是规范性的，或，以这种或那种方式，超规范性的——而是会使其实际上落回到一个世界，在那里一切行动都是束缚，一切过剩的力都会反过来对抗其掌控者。没有什么能逃脱这一法则，我们见过它在技术力量领域发挥作用，这些力量自身无所谓善恶，但被置于人类贪婪之手时则具有了毁灭性。在佛教的心灵修炼中，就像在基督教神秘主义中那样，所获得的超然而清明的状态使一切以有害的自利为目的的权力运用变得几乎不可想象。

正是在这一点上，埃佛拉迷恋纯粹力量的作品让人难免有所保留。这个人是谁呢，他向我们传达了西藏怛特罗经验的精华，而不久后的政治灾难就令此传统陷入岌岌可危的异端与流放状态？我从亲历者那里获知的一些细节无从验证，尽管这些细节符合他书中时而流露的一些特征。

埃佛拉，如同马拉帕尔泰[1]，似乎属于这类日耳曼化的意大利人，在他们身上尚存着某些无以名状的皇帝派[2]情结。他属于这类人，对现代世界的反抗（《反抗现代世界》是他另外一本书的书名），无论在某些方面多么合理，仍然将他们拖入了比他们以为离开的地方更加危机四伏之地。

正如施特凡·格奥尔格[3]的作品，以及坎托罗维奇[4]

---

[1] 库尔齐奥·马拉帕尔泰（Curzio Malaparte，1898—1957），意大利记者、小说家和剧作家。
[2] 吉佰林派（Gibelins），又称皇帝派，指中世纪意大利支持神圣罗马帝国的派别。
[3] 施特凡·格奥尔格（Stefan George，1868—1933），德国诗人、翻译家。
[4] 恩斯特·哈特维希·坎托罗维奇（Ernst Hartwig Kantorowicz，1895—1963），德裔美籍，中世纪政治和思想史与艺术史学家，曾出版《皇帝腓特烈二世传》。

的《皇帝腓特烈二世传》，在埃佛拉的著作中很早就有贵族和神职统治的梦想，没有证据表明该梦想对应于一个过去的黄金时代，而我们今天只能看到其怪诞残暴的变形。在埃佛拉一些不那么审慎的作品中，除了实际上导致种族主义的天选之族的概念之外，这一梦想还混杂了一种对超规范权力的几乎病态的贪婪，使他不加控制地接受了精神历险中最物质的方面。

从智识的和神秘的力量观到单纯权力观的过渡令人遗憾，这多少玷污了埃佛拉这部关于《怛特罗瑜伽》[1] 的伟大著作的一些段落，特别是一些结论。对一位天才学者而言，这奇特的偏差毫不削弱他作为传播家和评论家的惊人力量。但显然，对伟大的怛特罗传统无所不知的尤利乌斯·埃佛拉男爵从未想过为自己配备西藏喇嘛的秘密武器，即"杀死—自我—之—匕首"。

1972

---

1 原书标题《力量瑜伽》，清晰地表明了作者内心的倾向：比起密教来始终更加接近巫术。——原注

XVII

写在花园里

XVII

Écrit dans un jardin

颜色是一种隐藏的品德的表达。

*

有些鸟儿是火焰。

*

一位园丁让我注意到，只有在秋天才能发觉树木真正的颜色。在春天，丰富的叶绿素给所有的树披上了一层绿色。9月来临，树木才呈现出它们特有的色彩，金黄的桦树，黄—橘—红色的枫树，青铜色和铁色的橡树。

*

　　最有助于我理解自然现象的莫过于表示空气和水的那两个炼金术符号了，之后一条横线在某种意义上减缓了它们的势头，使之产生了变化，成为火和土地的象征：火少了些自由，与木材或原油相联，土地则由厚而软的颗粒构成。树在自身的象形文字中便包含了这四种元素。树扎根土壤，啜饮空气和水，却像火焰一般升向天空；它是绿色的火焰，直到有一天变为红色的火焰，终结于壁炉、森林大火和火刑堆。它以其垂直的推力，属于上升的形式的世界，也像滋养它的水，属于会自然落回土壤的形式的世界。

*

　　表示空气的炼金术符号，中空的三角形，指向高处。在平静的日子，树木的绿色金字塔挺立在空气中，形成完美的平衡。起风的日子，晃动的枝丫勾勒出一次飞翔的起始。

*

表示土地的炼金术符号,朝下的三角形,但一条横线阻断了它的坠落。稳定的土堆,在不受重力、风、路人踢踏的干扰时。

*

水,自身便会退让和下降。这就是为什么适合用一个与方济各会有关的词来形容它:*谦卑(umile)*[1]。

*

还有什么比罗丹的这座祈祷者雕像更美的呢,那祷告之人伸展手臂和身体,像一棵树?毋庸置疑,树在祈祷神圣之光。

---

1 原文为意大利语。或暗指意大利方济各会修士、被天主教会封为圣人的谦卑者比西尼亚诺(Umile da Bisignano,1582—1637)。

*

　　根扎入地下，枝庇护着松鼠的游戏、鸟巢和鸣啭，为动物和人提供阴凉，树梢伸入天空。你可曾见过更智慧更有益的存在方式？

*

　　因之，面对樵夫时勃然愤慨，面对机械锯时千倍的憎恶。砍倒和杀死无法逃离之物。

*

　　快速摄影的奇迹，将飞溅之水的影像固定下来，它从自身喷射而出，向上跃起，仿佛在岩石边缘的浪花被击碎化为一束泡沫。死去的浪花孕育出这巨大的白色幽灵，转瞬消逝不见。快门咔嗒的刹那，沉重的水向上飞升，如烟，如汽，如灵魂。

*

出于相反的原因，喷泉有精致的人工之美。水压迫使水像火焰一般，在其液柱当中不断更新其向天空上升之力。水在压力下一直升至流体方尖碑的顶端，随后回归其坠落的自由。

*

所有的水都向往变为汽，所有的汽则向往变回为水。

*

冰。闪耀的中止。纯粹的冷凝。稳定的水。

*

在最摄人心魄的风景当中，我要加入春季的阿拉斯加和挪威的一些峡湾，那里的水以其三种形式显现，并同时呈现出好几种面貌。荡漾而平缓的峡湾的水，在垂直的岩石壁上涓涓流淌的瀑布之水，从其坠落处升起的水汽，化为云朵在天空漫游的水，邻近山峰的霜雪，而春天尚未登临。

*

复合岩，由火山熔岩和水的冲积物构成，是上千个世纪之久的混合体。它们的外部形状不断被空气和水重新加工，重新雕琢。

*

你的身体有四分之三是水，加上少量地球矿物质，一小撮。还有你体内这巨大的火焰，你对其性质一无所知。而在你的肺里，你的胸腔内，空气不断被反复吸走，这美丽的陌生人，没有它你便无法生存。

1980

XVIII

悼亡篇

XVIII

Tombeaux

追忆狄奥蒂玛[1]：

让娜·德·维廷霍夫[2]

致埃莱娜·纳维尔女士[3]

有些灵魂让我们相信灵魂是存在的。

这些灵魂并非总是最天才的，最天才的是那些最擅长表达的。这些灵魂有时言语木讷，常常沉默不语。最近去世的让娜·德·维廷霍夫留下了几本书。其中有一些很美[4]。但

---

1 狄奥蒂玛（Diotime），柏拉图《会饮篇》中的女先知，苏格拉底借她之口讨论了爱神的概念。
2 让娜·德·维廷霍夫（Jeanne de Vietinghoff, 1875—1926），闺名让娜·布里库（Jeanne Bricou），1902 年嫁给了康拉德·冯·维廷霍夫（Conrad von Vietinghoff）男爵，遂从夫姓。她出生于比利时，后取得瑞士国籍，用法语写作，出版了多本有关伦理、神秘和宗教主题的书籍。尤瑟纳尔的母亲去世后，她对年幼的尤瑟纳尔多有照顾，也对其产生了很大影响。
3 埃莱娜·纳维尔（Hélène Naville, 1869—1957），瑞士作家。
4 《内心的自由，善的智力》（*La Liberté intérieure, L'Intelligence du Bien*），第七和第八版。《在一个新世界的门槛上》（*Au seuil d'un Monde nouveau*），1921，第二版。《论生活的艺术》（*Sur l'Art de Vivre*），1923。《灵魂印象》（*Impressions d'ame*），第四版。《另一项义务》（*L'Autre devoir*），小说（Fischbacher 出版社），更平庸一些。——原注

这些书所提供的只是她本人的弱化的形象——最美的肖像也无法取代逝者。让娜·德·维廷霍夫的书，对于认识她的人而言，只是对她生命之诗的点评。它们受现实的启发，却无法企及现实；它们不过是一座令人赞叹的火炉的余灰。我愿让那些对她一无所知之人感受到这灰烬的亲密的温暖。

我愿拨开那不过是外壳、表象、表面的一切，径抵这玫瑰花心，这甜美圣杯的深处。我只满足于说让娜·德·维廷霍夫出身新教徒，因为这可以解释一些事情。她从未与这儿时即接受的基督教信仰决裂；她不是轻易决裂的人。"信什么并不重要，"她说，"一切取决于信的方式。"在这位非凡的女性身边，我们懂得如何摆脱将上帝封闭其中的外在形式。我们越是升向高处，就越能主宰我们的信仰。让娜·德·维廷霍夫主要属于、而且愈益属于这不可见的教会，没有言辞，没有教条，所有的真诚在那里交融。

对她而言，真理并非固定的一点，而是一条上升的线。今天之真理，形成于对昨天之真理的放弃，也是对未来真理的提前放弃。每一个真理——她认可所有——

对她不过是一条通向更高处的道路。"今天在我看来是主要的,明天将不过是次要的。我的完美理想是变化中的;我有时将之归于顺服,有时归于伟大,有时归于修正,有时归于我生命的真诚。我要求的是美德的数量,随后是其价值,然而,我所顺服的永远是同一个主,怀着同样真诚的心。"一个永在路上的灵魂的不懈冲动:这神秘的生存方式不过是一种永久的出发。

一切流逝。灵魂静止不动,见证着构成生命的欢乐、忧愁和死亡的过程。灵魂接受了"流逝万物的伟大教训"。它需要很久,才在这变幻的场景中认出内心构成的亲密而稳定的线条。灵魂摸索着走过万物;它使激情成为其流变之镜。"试图美化灵魂的人以为应该用信仰和原则装饰之,就像他们用珠宝和黄金装饰他们的祭坛上的圣人,但灵魂只有在赤裸时才是美的……"灵魂有时得以在其永恒的形式下认识自身。我建议泰戈尔的读者把让娜·德·维廷霍夫的这几行文字写在《吉檀迦利》边上:

我所见的一切犹如倒影,我所听闻的一切犹如遥远的回声，我的灵魂找寻美妙的源泉，因为它渴求纯净之水。

　　时光流逝，世界磨蚀，但我的灵魂永远年轻；它在星辰当中，在时间之夜里守望。

　　让娜·德·维廷霍夫在此写下的是生命之诗，与凡俗生活之人不同的生命。

　　让娜·德·维廷霍夫不相信千辛万苦获得的美德；她希望美德是自然生发的；她希望美德是幸福的。"为什么使生命成为一种义务，而我们本可以使之成为一个微笑？"她希望美德是自然而然的，也像万事万物那样。她比我所能说出的更理解自然这无穷的多样性，它引领每个灵魂，每个精神，每个身体，经由不同的路径，抵达同一个幸福的目标。这自由的灵魂是接纳的灵魂。

　　不要评判。生命是一个奥秘，各人遵守不同的法则。你知道什么样的力量引领他们，什么样的苦难和欲望开掘出他们的道路？你可曾无意中听闻他们良心的声音，低声揭示出他们命运的秘密？不要评判；看那纯净安宁的湖水，席卷宇宙的千朵浪花最终抵达那里……你看到的一切必须发生。海洋里所有浪花都是必要的，以将真理之船载向港口。

——要相信你之所欲终有一死，方能分享必应之事的胜利。

读及这些文字，我们无法怀疑让娜·德·维廷霍夫拥有心灵的天赋。

痛苦对于智者不是一种救赎，而是一种演进。"须穷尽其痛苦，方能抵达新的黎明之前的宁静时分。"她的生命并非没有阴影，但从未有过污点，让娜·德·维廷霍夫一生始终保持幸福的水准。放弃幸福，或使他人失去幸福的勇气，在她看来始终是不可原谅的错误。很可能，"当遇到一个善良的人时，生命便承担起责任，通过使他品尝平庸之物的不足，努力提升他所理解的幸福的意义"。对她而言，苦难与欢乐均为过客，其意义最终关乎其他事物。

但过快的轻蔑是冒失的。自主的灵魂不会推拒任何愉悦，哪怕是号称庸俗的愉悦；灵魂品味它，拥有它，并在某一天超越它。"我有时觉得，如果死亡突然降临，在我得以完全浸入生命之河之前，我会对它说：走开，钟声尚未敲响……你那无垠蓝天的休憩将令我难以忍受，假若我在此还剩余一丝尚未花去的力气；你的永恒至福将掺入遗憾，假若尘世尚有我未曾嗅过芬芳的一朵花。"在这里，在这热情和超脱之中，我也听到了年轻的安德烈·纪德[1]的火热的心跳。

当狄奥蒂玛须向《会饮篇》中的宾客们就神作出阐释时，她并不指责任何形式的人类激情，她只是试图将之与无限联系起来。她并不担心人们流连于尘世的小径；必要时她自己也将走过这小径。"尘世间的至福只会将人引至上天的边界。"她知道，生命，抑或死亡，最终将引领我们抵达目的，而这目的便是神。

是我们没有准备好。我们的幸福的对象已在那里许多天，许多年，也许许多个世纪；它们等待我们眼中亮起光芒好看到它们，我们的手臂变得强壮好握紧它们。

---

1 安德烈·纪德（André Gide，1869—1951），法国作家。此处特指他早期的散文体作品《人间食粮》。

它们等待着，惊讶地发现等了如此之久，毫无用处。

我们在受苦（她又说），我们受苦，每当我们怀疑某人或某事，但我们的苦难将变为欢乐，只要我们在这人或物中，捕捉住使我们热爱它们的不朽的美。

很可能如此。盲目非但远远不能增加我们爱的力量，反而缩减我们爱的视野。柏拉图说的也许是真实的，让娜·德·维廷霍夫是对的。

生命可因不同的品质而美丽，或因其洒脱，或因其坚定。有的生命悠扬如乐曲，正如有的生命坚硬如雕刻。只有音乐，如巴赫的这首赋格、莫扎特的那首奏鸣曲，在我看来表达出如许的热情、宁静和轻巧。

不是我们的所看、所说、所想，而是那不可摧毁的结合，它超越有意识的一切，在我们的灵魂不可表述之处，将你我的欢乐融为一体。

不是誓言、亲吻、爱抚，而是万物生成中节奏的和谐……

她的倒数第二本书，也许受到凯瑟林伯爵[1]的启发，为战后诸问题的研究带来了一种慷慨的勇气。让娜·德·维廷霍夫向世界提供了她为灵魂指出的拯救方法：价值观的永久嬗变，不是突兀地，而是渐进地。"请耐心等待，以免执着于一种易逝的形式……难道您如此缺乏信念，乃至不能一刻没有宗教、没有道德、没有哲学吗？"让娜·德·维廷霍夫夫人在1925年时并未对我们迟暮的欧洲感到绝望。正在来临的一代在她看来承载着"人类力量的胜利"，亦即，我想，真诚的胜利。这些充溢的希冀在我看来是一种母爱的形式：让娜·德·维廷霍夫相信青春，相信世界的未来，因为她有两个儿子。也许这正是这本美好的书让我感动之处：在她身上，我更爱那个爱着的女人，而不是女预言家。

她始终怀疑人是否该为他所谓的缺陷负责。她视之如大理石碎片，不可避免的残余，堆积在未完成的杰作周围，在雕刻家的工作室里。也许，沿着同样的思路，她会认为我们的美德不值得赞美：这在她那里表明一种

1　见 p. 281 文末注。——原注。凯瑟林伯爵（Hermann Graf Keyserling, 1880—1946），德国哲学家、贵族。其子阿诺德·凯瑟林（Arnold Keyserling）亦为哲学家。

谦卑。在她生命的最后几年,看着自己疲倦而并不沮丧的双手,德·维廷霍夫夫人微微惊讶于这双手的姿态所见证的勇气。她相信自己作为不承担责任而仅是默许的旁观者,参与了自己的人生。最终,她更倾向于这双手空空的单纯,胜于一切。她仿佛也在剥离自我,以便安眠:

我愿,哦上帝,在每个清晨,举目望向你的时候,献给你我空空的双手。

我愿,远离一切努力,只成为无限之浪的接收者,我愿在偶然性的道路上前行,在内心声音的唯一气息的推动下。

我愿忘却我的智慧和我的理性,不再有任何希求,停止一切意志,微笑着迎接你任其撒落在我膝上的玫瑰。

噢,我们未曾获取的万物之芬芳,

不配拥有的幸福之甜美,

我们的思想未曾创造的真理之美……

我忘了说她有多美。她死时几乎还很年轻,在老年的考验到来之前，她对之并无恐惧。她的一生远比她的作品更带给我完美的印象。有些东西比灵敏、才华甚至天赋更稀有，这就是灵魂的高贵。让娜·德·维廷霍夫即使什么都不写，她的人格之高尚也不会因此而稍减。只是那样的话，我们中很多人将永远不会了解。世界便是如此，一个人最罕见的品质应当总是只为少数人所知。

这柏拉图式的一生便是如此度过的。让娜·德·维廷霍夫一直在演进中，从一般的智慧到一种更高的智慧，从原谅一切的宽恕到理解一切的智识，从生的激情到生命所启示的无私之爱——以及，就像她本人所说的，"从小孩子的仁慈的上帝到智者的无限之上帝"。神智学的梦，类似于人们闭着双眼即将入睡时看到的奇异而友好的幻觉，或许也曾在晚间前来慰藉她。她曾如此热爱的尘世生命，对她不过是永恒生命的可见的一面。很可能，她接受死亡，将之视为比其他的夜更为深沉的夜，随之来临的应是一个更明澈的清晨。我们愿意相信她没有错。我们愿意相信，坟茔的朽灭不会中断如此稀有的成长；我们愿意相信，对于这样的灵魂，死亡不过是又一个阶段。

注：从文学角度而言，请注意，维廷霍夫男爵夫人，出身荷兰，通过婚姻加入这个巴尔干家族——从中走出了巴尔博-朱莉·德·维廷霍夫，即克鲁德纳男爵夫人，亚历山大大帝的神秘顾问。这两位异乡女子都用法语表达。另一方面，维廷霍夫男爵提醒我，《在新世界的门槛上》并非受到德国哲学家凯瑟林的启发。特此更正。

1929

让·施伦伯格 [1] 速写

我 24 岁那年，正值瑞士清新料峭的春天，一位与让·施伦伯格相识的荷兰友人，比兰德伯爵夫人，几乎是机密地借给我一册施伦伯格记述妻子生命最后几个月的书稿，这是一部杰作，凝重而自持，然而充满面对一个生命逝去时难以言表的情感，施伦伯格本人只在多年之后才同意公之于众 [2]。彼时我正每日经历类似的体验，且刚刚察觉到另一场新近发生的此类经验的回响：这本书打动了我，正如我确信让·施伦伯格也希望打动读者那样，并给予我明智而勇敢的教诲。在他给我们留下的

<hr/>

1　让·施伦伯格（Jean Schlumberger，1877—1968），法国出版人、作家，《新法兰西评论》（*N. R. F.*）创办人之一。
2　让·施伦伯格 1899 年与苏珊娜·维尔（Suzanne Weyher）结婚。苏珊娜卧病多年后于 1924 年去世。施伦伯格随后写下了记叙妻子临终过程的《缅怀》（*In Memoriam*），1925 年在私人圈子里印行。在以后的四十年间，施伦伯格每年在妻子的忌日给她写一封信，直至 1964 年。这些书信题为《忌日》（*Anniversaires*），由伽利玛出版社于 1991 年连同《缅怀》结集出版。

所有作品中，我不知道有哪一部比这部"悼亡之作"更完美，它既是斯多葛主义的，又带有清教徒的气息，这让他后来以颇为高傲的态度（在我看来也许有一丝不公）看待安德烈·纪德的《遣悲怀》[1]，后者同样或多或少隐秘地纪念一位逝去的女性。

由此我立即进入了一位伟大作家的作品的核心，而我对他一无所知，包括姓名，随后我读了他的其他作品：先是《十八岁的眼睛》，特别是《与沉睡之身的对话》，后者呼应着我自己的关切，对我而言始终如同后来我一再走上的路途上的里程碑或指示箭头。再以后，我读了《斯巴达之死》，起先我颇不欣赏其粗粝之美，那粗糙而近乎朴拙的石砌取代了普鲁塔克光滑柔美的大理石雕刻，但它始终是我们时代受到古代作品启发的最高贵的文本之一。我没有再读下去，但我所读到的足以让我明白，我与让·施伦伯格之间永远不会像我们与某些作家的关系那样直接而激烈——这类作家身上体现了一个时代的激情或喜好，他们被抛弃，接受，再抛弃，之后在另一个层面上再度被接受。他则从一开始就跻身于那些值得

---

1 《遣悲怀》（*Et nunc manet in te*，1951）是纪德悼念亡妻的作品。

信赖和期待的才学之士。

大约 1930 年，我在巴黎的一间沙龙里第一次见到了他，敏捷，瘦削，那种彬彬有礼如今已不复有。这不是一次真正的接触；我猜想他几乎没有注意到我的在场，何况这并不重要。他从布拉菲回来，说刚刚在那里花了不少时间修剪他的紫杉（抑或是黄杨？）。"修剪紫杉，这事他做得太多太频繁了。"有人怀疑地低语。我不认为这批评有理。我喜爱让·施伦伯格身后这些法式花园小径。很久以后，当我读到《圣-萨图南》时，我理解了他作品中散发出的几乎悲剧性的诗意，其优美的秩序被迅速摧毁，而且常常是由秩序建立者本人。这部小说具有清唱剧的结构，不同年龄的声音交替出现，但主宰的是老年的沉闷咆哮及其枯树的断裂之声[1]。令人惊异的是，一个看上去准备大体上幸福地度过高龄生活的人，却两度执意表现出老年的桎梏和危险，一次通过《圣-萨图南》

---

[1] 单从音乐结构的角度来看，也许还没有人说过，讨喜的《四个陶瓷工的故事》像《圣-萨图南》一样把背景置于诺曼底田野，成为这部阴郁作品令人安心的轻松的对应物。年轻的声音压倒了一位老人粗暴却善良的声音。不过，这部准玫瑰色的小说还包含了一个令人惊讶的黑暗场景：小学生的自杀，其体面的家庭将他的死亡伪装成一场意外。作为一个谨守本阶级礼仪的大资产阶级，施伦伯格，完全像马丁·杜·加尔和纪德一样，知道现实中自己在资产阶级中的位置。——原注

里的威廉，一次通过《狮子老了》里的赖兹。

另外，独具一格的是，他两度将这些混乱不安的图景安置在一个几乎是庄严的传统框架当中：对赖兹而言，是路易十四时代表面上极度文明的社会；对《圣-萨图南》而言，是信奉新教的外省大资产阶级略带朴素的尊贵庄园。在这两种情形中，我们可以认为，对许多不甚专心的读者来说，经过大力挖掘或裁剪的框架让人有些忘记了人物肖像本身，而那些令人时而想到菲利普·德·尚帕涅[1]、时而想到里戈[2]的元素，则遮盖了出现在该书核心的伦勃朗的微光。

我在1951年回到巴黎时，让·施伦伯格和我之间已建立起了确定的联系，我们双方得以展开深度交谈。我特别记得他关于哈德良的一个问题，那时我刚刚试图勾勒他的肖像，"哈德良自我审判吗？"我本可借用自己书中的一句话来回答，即作为法学家的哈德良完全了解审判的困难。我迟疑地答道："哈德良对他的一生进行了漫

---

[1] 菲利普·德·尚帕涅（Philippe de Champaigne，1602—1674），法国巴洛克时代画家。

[2] 亚森特·里戈（Hyacinthe Rigaud，1659—1743），法国画家，擅长宫廷人物肖像画，代表作为《路易十四》。

长的思考。""是的，但他自我审判吗?"在此我感到了我们的差异：清教徒式的人文主义者需要让他的人物来到我称为他们自己的法庭面前，即使要常常表现为他们宣告自己无罪，就像《一个幸福的人》里的主人公那样。对我，戏剧人物更加既是客体又是主体，既是实验者又是实验的余留物，更多是他们自身命运的同谋和见证，而不是法官。况且我相信，他们也比施伦伯格愿意承认的更加如此。《圣-萨图南》里的父亲就处在这令人不安的边缘，老年的癫狂与最冷漠的清醒相结合，最终达到家庭暴政的目的；《一个幸福的人》一书中，那位幸福的人似乎相信他给自己找到的理由，以便离开家人后再回归家庭，但我们清楚地感觉到，除了所表达的之外，他还有其他理由，而且作家不会迁怒于我们越过他谨慎施加的界限。这些作品中存在着比人们所认为的更多的镜像游戏，它们乍看之下颇像某些荷兰绘画中的房间，美丽、整洁、不事修饰，带着一种资产阶级的简朴的优雅（怎能不让人想到他的祖上维特[1]呢?）。然而，观之既久，这些房间显露出浸透了一代代居住者在这环堵之间的秘

---

1 尤瑟纳尔在这里写的是 Witte，疑指施伦伯格母亲的姓维特（Witt）。

密生活，而有时只能从镜子的反射中看到的一扇悄悄半开的窗，将户外引入这室内。

　　在他有幸于逝世前整理完成的伟大的《作品全集》系列中，我特别会重读的也许是那些"肖像"：《回忆录》中基佐或施伦伯格家族的肖像，友人和合作者的肖像——出自发于《新法兰西评论》的专栏文章，其中一些文字在某种程度上将他的书按时间顺序固定了下来——以及 1938 到 1945 年出版的政治概述里的事实、事件或思潮，它们对未来的分析者而言无疑将是珍贵的。在这些坚实而毫不夸张，常常语气活泼却从不至冷嘲热讽的速写中，我们再次看到了他对审判的持久关注。这一关注首先表现在与安德烈·纪德的《不要审判》[1] 相对立，但我们清楚地感到两种观点的交汇：简言之，纪德反对匆促发表预设见解，即偏见（préjugés）。在心理和社会两个层面上，施伦伯格都特别坚持掂量、权衡、评估的永恒必要性，不任自己被反潮流裹挟。不是中道(le juste milieu)，如他在某处让他的一个人物所说

---

1 全名为《不要审判：刑事法庭的记忆》（Ne jugez pas：souvenirs de la cour d'assises），伽利玛出版社，1913。

的——当他感到可能会被误解时，而是借用他十分熟悉的道家智语：正道（le Milieu Juste）。

　　但我不愿止步于此而不对这个说法加以强调，它似乎错误地表达了一种几乎过于谦逊的野心[1]。在《作品全集》中，《在宗教的边界》一书面对其沉睡的自身再次作出了大胆的思考，就在这篇以此为题的伟大对话中。更甚者，他超越了这些思考，主动以智识全然接受了超越智识本身的一切。这两部作品在精心修剪的黄杨木小径的尽头开启了新的前景，像在《圣-萨图南》里那样，不仅朝向斯多葛主义的凄凉景象，也朝向令人晕眩的空旷空间。显然，让·施伦伯格特有的审慎方式对他的真正自由更有益而无害：按他的说法，清教徒式的严格作风在他暮年才有所缓和，但从未被完全摒弃，这在他那里长久地助长了一种对生活的热望，这热望暗暗存在于他的作品中，堪与纪德更加激荡的欲念形成对照[2]。一方面是新教的行动主义和理性主义，一方面是人文主义，

---

1 "有些中国格言像水一样，看似清澈，却令人头痛不已。"他在某个地方大致这么说过。我引用于此，但无从参考该书。——原注
2 这在年迈的让那里不乏一种亲切的轻浮感。我相信他很高兴自己是路易-菲利普的一位大臣的后裔，这位大臣也是利文公主的情人，而我们的最后一次谈话，据我回忆，主要是关于舞女的脸和腿的魅力。——原注

这两方面非但没有在某些领域压抑他，反而使他得以从容自如地返回一个内在生命的世界，尤其是伟大的亚洲智者的内在生命，而在他的时代，天生机灵的法国人也许比我们的时代更少接近这个世界。一直以来，对所有作家亦然，但尤其对于因必要或天性而服从于最严格控制的作家而言，他那些隐微的评论或暗地里的记述，才是最重要的；它们让我们了解到存在着一些主人未曾让我们访问的领地，可以说处于大门或堤坝之外。显然，这个似乎有意从我们这一代甚至他那一代退隐的人，比起其他号称更有冒险精神的同时代人，有时看来推进到了更为大胆的前沿。

1969

悼雅克·马苏伊 [1]

就"认识"这个词的真正意义来说，我从 1953 年起就认识雅克·马苏伊，那时我刚好读到他关于瑜伽的文集。那个时候，我从年轻时起就断断续续进行的关于东方智慧的阅读，开始不再只是一个简单的研究主题，而形成对生活的明确影响。他的《瑜伽》是一根标杆，位于我即将深入前行的道路入口处。这是马苏伊的特征，也或许是一切慷慨、谨慎而谦逊的精神的特征，即主要通过汇集或辨析他人的文字而表达自我，并情愿化身管道，将源泉之水一直输送给我们。

他的作品真正为公众所知，要等到他的文章汇编成

1　雅克·马苏伊（Jacques Masui, 1909—1975），法国作家、出版人。他曾在法塔·莫尔加纳出版社（Fata morgana）主持出版期刊《赫尔墨斯》（*Hermès*），还是法雅出版社《精神文丛》（*Documents spirituels*）丛书的创办人，《世界报》图书版面撰稿人。主要作品有《瑜伽，人的科学》（*Yoga, science de l'homme*）。

册的那一天，这些文章包括他的《初步的思考》《评论》和《最后的思考》，此前他只是谦虚地把它们作为卷首语或后记，刊登在可算他一生成就的《赫尔墨斯》杂志上，此外还包括他在法雅出版社主编《精神文丛》时为其中著作所撰写的序言，以及他编纂的有关神秘体验的文选《论内在生命》，但这次主要来源于西方。他的选择从道马尔[1]到米沃什[2]，汇集的文章包含人们应该了解的关于灵魂升华方法的精髓——许多人对之尚未接触便加以拒斥，其他人则醉心于此，但其了解往往局限于不真实的形式。

　　我想是四年前的一天，那时我们已经通信一段时间了，我去紧邻我居住的岛屿的一个小机场等他。后来我才知道，小飞机的颠簸和调节不当的气压，给他造成了一场痛苦的耳炎，让他在这里度过的几天饱受折磨。我记得他高大健壮，外表有些东方气质。"比利时人很像日本人"，吉罗杜[3]悖谬地这么说，但在雅克·马苏伊那里，

1　勒内·道马尔（René Daumal, 1908—1944），法国超现实主义作家、评论家和诗人。
2　切斯瓦夫·米沃什（Czesław Miłosz, 1911—2004），出生于今立陶宛，波兰著名诗人、翻译家、散文家和外交官，1980年获诺贝尔文学奖。
3　让·吉罗杜（Jean Giraudoux, 1882—1944），法国小说家、散文家、外交官和剧作家。

这一形象主要来自一种不可动摇的平静。我们一见如故。

　　不久之后，我们经历了一场小小的矛盾，就是那种使朋友双方更接近、彼此能更好评判对方的矛盾。我们意欲拜访一位曾驻日本的美国前占领者，他后来成为一名真正的禅宗大师，定居在偏远地区的一座农场，还在向缅因州的年轻人传授东方智慧和农业，效果很好。雅克·马苏伊与他在巴黎和东京期间相熟，心目中仍然保有这位禅师留给他的虔诚形象。这位十分忙碌的冥想者并未接待我们，尽管提前有约，而且我们多次通过他的弟子向他传递消息。我们从很远处看到他在农田劳作。春天的白日颇有些炎热；我们在一个废弃谷仓的阴凉里野餐，以打发一部分等待的时间。我们在回去的路上争论，一个智者可以且应该允许自己拒绝跟人接触到什么程度：诚然，这延宕相当于开示的考验；从前的大师有时会让新来者在雪地里经受数日甚至数周的考察，一位虔诚的求见者为证其诚而自断一臂，并以此闻名。我们没到那个地步。雅克·马苏伊并非这位禅师的任意一个求见者；他大约像我一样，认为真正的智者应从容走出他的冥想〔或曰出离或返归，开悟（*satori*）或修行

(*sadhana*)，诸如此类]，以及有时与冥想相伴的手工劳作，去回应一个路人哪怕是无足轻重的评说，也更有充分的理由去接待一位友人，随后重新沉入他内心深处从未离开的这个内在世界。不存在无礼的智慧，也不存在无人性温暖的神性。

雅克·马苏伊对我的好意很快要经受一次可怕的考验。他几乎立刻要我参与撰写一部全面介绍怛特罗的文集，为此他需在短时间内汇集原创文章或评论。我贸然应允，因为我从怛特罗的关注力心法中多有获益，但甫一动笔，我就意识到我还需要半年的时间进行更多的思考和研究。我在仓促之中草就一文，说了不少不该说的错话，想要呈现一种艰难思想的努力最终悖谬地变为肤浅。他接受了我的文章，但我确信他与我一样对之不以为然[1]。

亚洲并非我们唯一的契合点。我们发现彼此祖上应该在从前的布鲁日有过交往；他年轻时曾在马尔谢讷生活过一段时间，而我母亲家族的姓即来源于此[2]。我们

---

1 本书《怛特罗心法》一文是对这次初步尝试的改写。——原注
2 尤瑟纳尔的母亲出身比利时贵族，闺名费尔南德·德·卡蒂亚·德·马尔谢讷（Fernande de Cartier de Marchienne）。

曾在一位美军上校家里共进晚餐，这位上校出生在法国，成长在奥地利，曾带着一本法国护照跳伞降落在游击队基地；我们对照着回忆这些艰难的年份。他曾随我一起在山上和沿海边的峭壁进行惯常的徒步旅行。后来他不止一次对我说打算再来拜访这个他称为"天堂"的地方，但所有的天堂都存乎内心：在缅因州这个角落，他大约带来了自己的内心天堂。这个计划不曾实现：我在一篇报纸文章上得知他的死讯。他极为自持，在去世前写给我的几封信里从未提及他彼时应已罹患的疾病。在此我要向他的夫人致敬，我不认识她，但他常常提起她，她以十分高贵的姿态随他而去了。

我们都对卡斯塔尼达[1]那部还十分新颖的作品很感兴趣，这位人类学家兼小说家努力呈现了一名亚基族巫师对世界的看法。米尔恰·伊利亚德[2]关于萨满教的伟大作品曾改变了我们对原始思维与神圣性关系的想法，

1 卡洛斯·卡斯塔尼达（Carlos Castaneda，1925—1998），秘鲁裔美国作家和人类学家。下文提到的《伊克斯特兰的行旅》（*Journey to Ixtlan*）是卡斯塔尼达的第三本书，出版于1972年，记述了拜印第安亚基族萨满唐璜·马图斯为师的经历。

2 米尔恰·伊利亚德（Mircea Eliade，1907—1986），出生于罗马尼亚，宗教史学家、科幻小说作家、哲学家，也是美国芝加哥大学教授。他对宗教研究产生了深远的影响。

在这本书之后，我们共同欣赏起卡斯塔尼达的这部重构作品，它确实有些部分是虚假的，但它生动而立体，有一种可上溯至史前的思维活动形式。

我比我们的朋友更有时间看到，卡斯塔尼达在后来的作品中积累了越来越明显的失误，一阵阵犹如管风琴突然发出的强音，就像在电影里那样，第一个巫师很快得到第二位的助力，取得了喜剧效果，并最终一起组成如同马克斯兄弟[1]那样的组合。雅克·马苏伊在很长一段时间里比我宽容：为了传播被他精辟地称为"本体论的智慧"，他赞同作者尽量运用各种方法；不过，一名身穿西装的亚基巫师在墨西哥一家高级餐馆里就其艺术高谈阔论，这样的形象已令这个如此醉心于准确性的人震惊。这些保留并不妨碍我们赞赏那些精彩的篇章，其中民族志论述越来越充满浪漫色彩，时而沉浸于纯粹的诗意：在以"伊克斯特兰的行旅"为题的书中，这场旅行堪称来自中世纪的人间朝圣的最美譬喻之一；又或者对汽车车灯的这场描写，两个人夜里行驶在墨西哥孤独的

---

1 马克斯兄弟（Marx Brothers）是几个亲生兄弟组成的美国喜剧组合，活跃于1905—1945 年，涉足歌舞集要、舞台剧、电视、电影演出，被认为是美国 20 世纪最伟大的喜剧演员。

道路上，从他们的后视镜中断断续续看到的车灯，那名亚基人将之视为死亡之灯——"死亡总是跟随我们，但并不总是点亮它的灯"。雅克·马苏伊的死亡之灯比我们以为的离他更近。

就此与纪念文章并不相宜的悼亡主题，我们对一个段落有所分歧，其中卡斯塔尼达相当冒昧地让他的墨西哥巫师阅读《西藏度亡书》的译本，那位印第安老人宣称从中看到了对生命而非对死亡的譬喻。雅克·马苏伊给出了同样的解读：这游移，这过渡，这恐惧与喜悦的交替，在他看来更像我们现时生命的连续状态，而不是死后所发生的（或不会发生的）。但是，正如梦境的内容与白昼生活相同，只是以不同方式组织起来，死亡与生活的内容也可能相似，这样的讨论可以是学术性的。对我而言，我仍然愿意相信这部西藏文本应当从字面上来接受，包括对死后状态的描述，还有此前关于临终状态的令人赞叹的临床描述。事实上，喇嘛对死者的庄重祈福奇特地令人想到天主教礼拜仪式（"离开这个世界，基督教的灵魂……""离开这皮囊，尊贵的死亡……"）。两者都让我们既感到阻止鬼魂纠缠生者的古老忧虑，也感到那种虔诚的愿望，即帮助灵魂离开其损毁的居所，适应新的失重状态。对此，此刻的雅克·马苏伊比我们更了解，除非在此视角下死亡亦如生命，除非我们已经历死亡而不知其所是。

1976

玛格丽特·尤瑟纳尔
这执着的人文主义者

关于玛格丽特·尤瑟纳尔，以下两点大约最为人所知：其一是她作为历史上第一位入选法兰西学士院的女性，跻身"不朽者"之列——虽然这也许是最不为尤瑟纳尔本人所看重的；其二便是她的历史小说，尤以《哈德良回忆录》与《苦炼》著称，她的隽永的《东方故事集》也为人称道。此外，她的回忆录三部曲《世界迷宫》亦有中文版问世。在新潮迭起的二十世纪文坛，尤瑟纳尔以其雄壮沉郁又细腻入微的文风、纵横捭阖而力透人心的历史视野、勇毅求索的人文主义精神及深厚的古典学养而独具一格。

而一般读者了解不多的，是尤瑟纳尔的写作涉猎多种体裁，除小说外，还有诗歌、戏剧、评论、随笔、翻译。本书即译自伽利玛出版社出版于 1983 年的随笔集《时间，这伟大的雕刻家》，共收入作者从 1929 到 1982 年发表于诸种报刊或单行本的 18 篇随笔。这些文章长短不一，风格多变，所涉主题和文化背景亦极为繁杂，从不同角度体现出作者古今相鉴、东西融贯的关怀与哲思。为便于读者理解，特在此作一简要说明。

首先要强调的是本书第三篇文章《历史小说中的语调与语言》。此文可谓真正的文学论文，亦可称为小说家的创作谈。作者指出，在19世纪写实主义作家之前，文学与历史著作中几乎听不到原汁原味的活泼泼的口语的声音，至多是或拙劣或傲慢的模仿，或经文学手法剪辑和过滤的虚假腔调。对尤瑟纳尔而言，创作历史小说的重要难题便是，如何还原历史人物的语言的真实性，即其特定情境中的语调、语气和用语。为此，作者从古代文献中寻找痕迹，在《哈德良回忆录》里创造和化用"托加"体，试图从第一人称的独白中找回罗马皇帝的恰切的语调。而故事发生在更晚近的16世纪的《苦炼》则是"复调"的，第三人称叙事者从大量谈话中跟踪泽农语言的形成与演变，通过细微的语调差异和一些特殊词语的运用，竭力抵达人物语言的"自发性"与"自由"，并最终"稍稍接近了16世纪的生活本身"。文后附录一篇珍贵的历史文献，即1600年左右对康帕内拉修士的刑讯笔录：作者之严谨可见一斑。

其余的 17 篇随笔，为便于说明，我们且勉强将之粗略地分为五类。第一类 7 篇，可称为欧洲历史与文化随笔。第一篇《尊者比德的几行文字》，借中世纪历史学家比德转录诺森布里亚王国一位大乡绅的一个比喻，刻画 7 世纪初基督教传入英格兰的一个戏剧性时刻。第二篇《西斯廷》，以米开朗基罗及其弟子的口吻，描写艺术家对美、爱与死亡的沉思。第五篇《丢勒一梦》，引述丢勒日记中对一场噩梦的记载和速写，沉思其中蕴含的人文主义信念。第八篇《镜戏与鬼火》，穿插记述历史上三位伊丽莎白的奇特命运——13 世纪匈牙利的圣伊丽莎白，19 世纪的奥地利皇后伊丽莎白（"茜茜"），16—17 世纪匈牙利的"血腥"伯爵夫人伊丽莎白·巴托里——揭示女性的慈善、忧郁、疯狂和残暴等面向，以及在偶然性和想象力的作用下，创作者与其人物之间的隐秘关联。第十篇《流转的年节》，追溯圣诞节、复活节、冬夏至日、亡灵日和万圣节等传统节日的源起与轮回，娓娓叙述其习焉不察的表象下根植于人类无意识深处的蕴意，关于诞生、苦难、恐惧、亡灵，也关于大地、自然、期盼与美好。第十三篇《安达卢西亚或赫斯珀里得斯》，追述西班牙的曲折历史，从希腊罗马至拜占庭，从地中海到东方和非洲，从神话到基督教再到伊斯兰教，从汪达尔部族到阿拉伯文明，从花园与宫殿到平民与牲畜，混杂激荡着传奇浪漫而残酷的生命力。第十四篇《奥皮安或〈狩猎诗〉》，回顾狩猎作为一门古老的艺术，如何映射着人类的暴力与残忍，敬畏与激情，还有步入现代文明后对丛林的怀念和想象。

第二类 3 篇，姑且称为关于东方的散文。但这东方无关异域风情，更无关猎奇，而是始终如一浸透着作者对广大的精神世界的省察。第六篇《失败的高贵》列举日本武尊、大西泷治郎、西乡隆盛、三岛由纪夫等几位著名的赴死者形象，分析"大和魂"赋予死亡的独特诗意，同时揭示人性共通的对失败者的悲悯之情。第九篇《关于〈牧童歌〉的若干艳情与神秘主题》，记述古代印度诗人胜天描写牧童克里希纳和牧牛女的爱情生活的梵语抒情长诗，探讨印度艳情神话与古希腊神话的隐秘关联，以及印度世界肉体与灵魂合而为一的迷狂所反映的自然主义，有别于西方基督教传统下精神与肉体分裂的耻感与罪感。第十六篇《怛特罗心法》，解读印度古老的佛教密法传统中的心灵修炼之法。

第三类包括两篇，可称为诗性的随想。第四篇《时间，这伟大的雕刻家》可谓点题之作，描述古代雕像如何经人力脱离物质，又经时间之力回归物质，堪比人生的际遇，亦令人体悟大块载形的宇宙之道。第十七篇《写在花园里》堪称一首优美的散文诗，吟咏万物流转中色、象、形态之变幻的生命之诗。

第四类4篇，是作者对现代文明弊病的尖锐批判与沉痛叹息。第七篇《毛皮兽》辛辣讽刺人类在奢华皮草掩盖下的野蛮的残忍。第十一篇《谁知道兽的灵魂是否入地呢?》继续讨论现代人如何在无辜的假象中对动物施暴，并呼唤一部《动物权利宣言》。第十二篇《这悲凉的轻易就死》指出，年轻人之甘愿弃绝生命，乃是出于对此丑恶人世的绝望与对抗。第十五篇《隔离的文明》剖析现代社会将日常生活与血腥的屠宰场隔绝开来，就此隔绝了人对于世间生灵的同感心。

最后作结全书的《悼亡篇》，追忆几位对作者产生过重要影响的逝者：让娜·德·维廷霍夫，让·施伦伯格，雅克·马苏伊。用这些深情的文字，作者为逝者献上感怀的碑文。

之所以称尤瑟纳尔为人文主义者，不仅因为她一生以书写践行着从古希腊绵延至文艺复兴的伟大人文精神，更因为这是一种超越人类中心主义的广义的人文主义：在她那里，古与今，西方与东方，神话与宗教，人界、物界（动物、植物、矿物）与灵界，均在她广大而同情的笔下，在她文字的炼金术中，熔铸为对世界和人性的深刻洞察。她是古典的，恰恰因为她的关注直指当下；她是永恒的，因为她懂得用历史烛照今天；她是高贵的，因为她从不惮直面粗鄙与幽暗。我们今天所经历的精神困厄，也许并不多于或少于哈德良和泽农的时代，无论是在欧洲、东方还是阿拉伯世界。如诺森布里亚王国那位无名的大乡绅朴素动人的话语所喻示的，人之为人的精神与智识之光，有如厅堂中央燃烧的炉火，照亮鸟雀穿行般短促脆弱的人生，又以"想象和感知飞鸟与风暴"的能力，与宇宙万物密切相联，包容一切生命。又或者，无论时间这伟大的雕刻家如何令古代雕像面目全非，我们仍能从残损的痕迹中依稀辨认出"曾在某处和某个世纪中劳作"的希腊雕刻师的手:"全部的人便存乎于此。"不屈不挠、上下求索的人文主义信念亦存乎于此。

众所周知,尤瑟纳尔学识之广博、视野之开阔亦如文艺复兴意义上的全人文学者。本书虽非鸿篇巨制,然其所涉包罗万象,文风恢宏典雅,对译者提出了不小的挑战。译者添加了大量注释,意图减轻读者阅读的障碍,然而纰缪之处想必在所难免,敬请读者指正。翻译过程中曾就教于好友段映虹教授,特此向她致谢,也一并感谢编辑的细心审校。

魏柯玲

2023 年 4 月 15 日

Marguerite Yourcenar

[法] 玛格丽特·尤瑟纳尔 (1903—1987)

出生于比利时布鲁塞尔, 1987年在美国缅因州荒山岛辞世。1980年入选法兰西学院, 成为该机构350年历史上第一位女性"不朽者"。

尤瑟纳尔深受自古希腊罗马以来的欧洲人文主义传统浸润, 同时从早年起即对东方哲学和文学怀有浓厚兴趣。她的作品以渊博的学识、广阔的视野和深邃的哲思见长, 包括诗歌、戏剧、随笔等, 尤以小说著称。主要作品有小说《哈德良回忆录》《苦炼》《默默无闻的人》等, 回忆录《世界迷宫》三部曲也享有盛誉。

尤瑟纳尔的语言优美洗练, 深具古典韵味。

魏柯玲

加拿大女王大学与法国巴黎第八大学文学博士, 曾任教于中国人民大学外国语学院。译著有《绘画中的真理》《德里达传》《马塞尔·普鲁斯特》《阅读的时日》等。

图书在版编目（CIP）数据

时间，这伟大的雕刻家/（法）玛格丽特·尤瑟纳尔
著；魏柯玲译. —上海：上海三联书店，2024.1
ISBN 978-7-5426-8114-0

Ⅰ.①时… Ⅱ.①玛…②魏… Ⅲ.①杂文集-法国-现代 Ⅳ.①I565.65

中国国家版本馆 CIP 数据核字（2023）第 081406 号

LE TEMPS, CE GRAND SCUPLTEUR © Éditions Gallimard, Paris, 1983.
本书中文简体字版由法国伽利玛出版社授权上海三联书店独家出版
版权所有 侵权必究
上海市版权登记 图字：09-2023-0425

时间，这伟大的雕刻家

著 者 / [法] 玛格丽特·尤瑟纳尔
译 者 / 魏柯玲

责任编辑 / 李巧媚
特约编辑 / 陈思多
装帧设计 / ONE→ONE Studio
监 制 / 姚 军
责任校对 / 王凌霄

出版发行 / 上海三联书店
　　　　　（200030）中国上海市漕溪北路 331 号 A 座 6 楼
邮 箱 / sdxsanlian@sina.com
邮购电话 / 021-22895540
印 刷 / 上海展强印刷有限公司

版 次 / 2024 年 1 月第 1 版
印 次 / 2024 年 1 月第 1 次印刷
开 本 / 787 mm × 1092 mm 1/32
字 数 / 144 千字
印 张 / 9.875
书 号 / ISBN 978-7-5426-8114-0/I·1811
定 价 / 68.00 元

敬启读者，如发现本书有印装质量问题，请与印刷厂联系 021-66366565